ELISA MAIORANO DRIUSSI

ECLIPSE
OF THE
Heart

Per essere informato sulle novità dell'autrice visita:
Instagram: @elisamaioranodriussi
Sito: www.elisamaioranodriussi.com
E-mail: scrivimi@elisamaioranodriussi.com

Copyright © 2025 – Elisa Driussi
Tutti i diritti riservati

Progetto grafico copertina e impaginazione a cura di
EK Graphic Factory
Licenze: freepik.com

Editing a cura di
Storia Scrivendo di Michaela Nicolosi
Correzione di bozze a cura di Claudia Simonelli
per LCS – Lucia C. Silver

Questa è un'opera di fantasia. Nomi, personaggi, istituzioni, luoghi ed episodi sono frutto dell'immaginazione dell'autrice e non sono da considerarsi reali. Qualsiasi somiglianza con fatti, scenari, organizzazioni o persone, viventi o defunte, veri o immaginari è del tutto casuale.

A tutte le donne,
che portano galassie nel cuore e stelle nei loro occhi,
che danzano tra i pianeti della forza e i vuoti dell'incertezza,
che con mani fragili ma spirito infinito tessono universi
di speranza.
Siete costellazioni vive, fari nella notte,
e la vostra luce non conosce confini.

Per aspera ad astra.

Elisa Maiorano Driussi

Eclipse of the Heart – Una storia d'amore intensa, appassionante e indimenticabile.

Priya è una giovane astrofisica il cui più grande sogno è quello, un giorno, di essere la prima donna a mettere piede su Marte. Si è appena candidata per una missione sperimentale della nasa ed essere accettata significherebbe rimanere per mesi in un habitat simulato di Marte, senza alcun contatto con il mondo esterno, ma lei è pronta a lasciare la Terra e tutto ciò che ama. L'unica variabile che non aveva previsto è Dan.

Dan è un giornalista con una vita a pezzi, intrappolato in un passato oscuro che non ha mai trovato il coraggio di affrontare. Ha sempre cercato rifugio nel suo lavoro, nelle sue parole e nelle storie che racconta, fino a quando Priya non fa riemergere le ombre che lo tormentano, costringendolo a scegliere tra la sofferenza e la guarigione.

Per Priya, Dan è l'incognita che rischia di mandare a monte i suoi piani; per Dan, Priya è l'ultima occasione di redenzione.

Riusciranno ad accettare i demoni che li separano, prima che sia troppo tardi? O si perderanno per sempre?

Scoprilo in questa storia intensa e struggente di due anime spezzate, la cui unica speranza risiede in un amore di cui sono convinti di poter fare a meno.

CAPITOLO 1

Priya

Le mie unghie non possono fare a meno di affondare nei muscoli della sua schiena.

Non so cosa io stia facendo. So solo che non posso sottrarmi a tutto questo.

Sono distesa su un letto che non è il mio, in una stanza a me sconosciuta, ma in qualche modo familiare.

È la prima volta dopo tanto tempo che riesco a lasciarmi andare così.

Insomma, scappare dal party del *Modern Girl Magazine*, piantare in asso Tessa, la mia migliore amica, che tra l'altro mi aveva chiesto di farle da accompagnatrice, per poi saltare in sella alla Kawasaki del nostro ex compagno di classe delle medie, non è proprio da me.

Io non faccio queste cose.

Io non mi butto tra le braccia di qualcuno solo perché ho bevuto qualche bicchierino di troppo.

Io non lascio che un uomo mi prenda in braccio stile *Ufficiale e Gentiluomo*, mi porti in camera sua e mi spogli lentamente distribuendo baci su tutto il mio corpo.

Questa non sono io.

E invece è proprio ciò che è accaduto.

«Te lo saresti mai aspettato?» gli chiedo, cercando di fare conversazione. Ma quale conversazione?

«Mmm» geme, mentre mi bacia la zona dell'ombelico. Le sue mani sono salde sui miei fianchi.

Il petto si alza e si abbassa e respiro a fatica. È eccitazione questa? È paura? So solo che è come se ogni cellula del corpo stesse per esplodere come una supernova.

Forse, da qualche parte nell'Universo, una stella sta per disintegrarsi, proprio come il mio basso ventre sta per cedere.

I baci ora sono stati sostituiti da qualcosa di più caldo... è la sua lingua, che sinuosa si dirige sempre più giù.

«Mmm... sì...» mi sento dire. Come "Mmm sì"? Priya? Okay, anche noi donne siamo fatte per godere, anche noi donne dobbiamo ricevere e provare piacere. Potere alle donne, no?

Eppure, in questo momento, è come se il vero potere fosse nelle mani di Dan, nei suoi polpastrelli che sembra stiano suonando i tasti di un pianoforte, regalandomi una sinfonia la cui eco si diffonde in tutto il corpo. Il desiderio è nelle sue unghie, le sento affondare nella mia pelle.

Gli prendo la testa fra le mani e lui continua a scendere. Il respiro di Dan è caldo e quasi in affanno all'interno dell'inguine, le sue labbra tracciano una scia fino ai lati della vulva, mentre le mie dita cercano di aggrapparsi all'unica cosa alla quale possono farlo: i suoi lunghi capelli.

«Non ti facevo così focosa, Priya Neelam...»

Stringo ancora di più le dita attorno alle ciocche biondo cenere e inizio a muovere il bacino accompagnando i movimenti della lingua.

Il mio petto sembra un tamburo la cui cassa di risonanza fa vibrare ogni cellula, ogni atomo. Dalla mia bocca si sprigiona un respiro ritmico, caldo, che sembra un anelito di stelle.

«Se la metti così, allora veniamo al sodo...» dice lui, con un tono che non gli ho mai sentito prima in tanti anni.

Si stacca, si alza sopra di me e si toglie maglietta e pantaloni. Vorrei non guardarlo, vorrei non farmi coinvolgere così tanto, ma ciò che si para davanti ai miei occhi è come un buco nero: forte, massiccio e magnetico. Non posso fare a meno di sentirmi risucchiata.

Si abbassa su di me. Apro le gambe e sento scendere i miei umori, mischiati alla saliva.

I suoi occhi si piantano nei miei e mi sembra di scoprire galassie e mondi inesplorati, mistici, misteriosi.

I nostri visi sono a pochi centimetri l'uno dall'altro, le mie mani premute contro le sue guance e orecchie.

I nostri bacini si muovono, quasi a voler sondare i rispettivi corpi, quasi a voler vedere se siamo pronti.

Sono pronta? Sono pronta a farlo con Dan? Sono pronta a buttar fuori dalla finestra il nostro rapporto d'amicizia per una notte che avrei potuto passare con qualcun altro? O forse no?

Con dolcezza, ma anche potenza, si infila dentro di me: la

luna e il sole si uniscono, facendo finire il mondo che conosco. Ogni tipo di insicurezza che fino a questo momento mi ha posto la mente si è disintegrata.

Si muove sopra di me. Ricerca il piacere e mi dona visioni su mondi inesplorati.

Il mio essere vibra e, se non fossi una donna di scienza, inizierei a credere che il nostro incontro, questa costellazione di situazioni, sia stato orchestrato da qualcosa di più grande di me.

Ovviamente, però, credo solo alla chimica, al potere di attrazione dei corpi, a ciò che si può misurare e vedere.

Dan e io siamo solo due ex compagni di classe che si sono ritrovati durante una festa, hanno una particolare attrazione l'uno per l'altra e ora stanno dando sfogo ai loro più bassi istinti.

È tutta una questione di ormoni. E di chimica.

Nulla di più.

La cosa finisce qui.

CAPITOLO 2
Dan

Cerco di concentrarmi sul testo che dovrei scrivere, ma un cerchio mi attanaglia la testa. Con l'hangover l'ufficio sembra ancora più caotico del solito. Qui al *Modern Girl Magazine* sono uno degli unici, insieme al mio amico e compagno di sventura Aidan, a occuparmi di temi che esulano dalla moda: siamo attorniati da ragazze con il tacco dodici, il che non aiuta in una situazione simile, dato che vorrei solo un po' di pace e tranquillità.

Lo sapevo che quella festa mi avrebbe portato soltanto guai. Lo sapevo perché Tessa mi aveva detto che avrebbe portato Priya. E quando c'è di mezzo la *marziana*, come la chiamavo già ai tempi della scuola – e non è un complimento – non mi sento mai a mio agio.

Mi alzo dalla scrivania per andare al distributore dell'acqua e prendere un antidolorifico. Avere in mano una di queste pilloline per me è difficile, ma oggi ne ho bisogno: devo finire il reportage su un tema che mi riguarda in prima persona.

«Ehi, amico!» Aidan mi dà una pacca sulla spalla. «Ieri sera sei sparito con quel bel bocconcino di Priya, eh?» Si posiziona davanti a me, a braccia conserte, inarcando un sopracciglio.

«Non sono affari tuoi.» Non gli racconterò di Priya, mica siamo una coppia di amichette intente a confidarsi tra di loro mentre si fanno le unghie, anche se Aidan è uno dei miei migliori amici, oltre che la mia spalla qui al *Modern Girl Magazine*. So solo che le sue parole su di lei mi provocano una scossa lungo i nervi, e sono quasi pronto ad attaccare.

«Uhuhuuu... quando uno non ne vuole parlare, o è andato in bianco, o è andata così bene che vuole proteggere la sua bella.»

«O semplicemente il suo migliore amico deve farsi i cavoli suoi, perché non c'è nulla di cui parlare.» Mi stringo nelle spalle, mi servo un altro bicchiere di acqua e torno nel mio loculo, come mi piace chiamarlo, adornato di ritagli di alcuni articoli ai quali mi sono affezionato, pezzi di carta che riportano appunti, una serie di taccuini grandezza taschino e penne di diversi colori e grandezze.

Passo il pollice e l'indice sugli occhi sperando di ravvivare un po' la vista, ma soprattutto la concentrazione.

Aidan si affaccia. «Okay, va bene. Comunque quella lì ti porterà guai, amico mio...»

«Non so di cosa tu stia parlando» gli rispondo, mentre provo a buttare giù un paio di frasi, tanto per non rimanere bloccato nel limbo della pagina bianca. In testa sento ancora quel martello pneumatico che pulsa e mi disturba i pensieri.

«Lo sai bene ciò che penso di Priya. La conosci da parecchio e hai sempre avuto un debole per lei. E ieri finalmente te la sei portata a casa. Ho visto come vi guardavate e soprattutto ho sentito la tensione tra di voi, insomma tutti segni...»

«Tutti segni che ho mal di testa e se continui a parlarmi...» mugugno senza togliere gli occhi dallo schermo, lasciando la frase a metà. Se non la smette, non riuscirò mai a finire la preparazione per il reportage. «Ho un sacco di lavoro da fare.» Mi volto verso di lui.

Quando arriva il mal di testa non vi è nulla di buono all'orizzonte e preferisco rimanere da solo e occuparmi della mia merda senza nessuno intorno.

«Lavori ancora al reportage sui giovani veterani?»

«Mmm...» Annuisco di nuovo. «Sto cercando di farmi rilasciare un'intervista da uno di questi poveracci.» Sì, perché sono poveracci, ragazzi poco più che ventenni, quasi miei coetanei, che hanno sacrificato la vita per una guerra mai davvero loro. Perché alla fine la guerra non è delle persone comuni, ma solo dei potenti che hanno voglia di farla e giocano a battaglia navale, dal loro comodo trono al sicuro.

Aidan si avvicina allo schermo e guarda con me le foto di alcuni ragazzi che hanno combattuto la guerra in Afghanistan: negli occhi hanno la polvere di quel maledetto deserto.

«Non capirò mai cosa li abbia portati a fare una cosa così sporca come la guerra, soprattutto sapendo che potevano non tornare, o addirittura tornare in queste condizioni» commenta lui, sedendosi sulla mia scrivania.

«Patriottismo, poche altre alternative, a volte voglia di giocare alla guerra quasi fosse uno dei videogiochi ai quali siamo abituati sin da ragazzini.» Sono cinico, lo so, ma sono i dati emersi più spesso dalle ricerche condotte. E non posso biasimarli, in fondo lo posso capire: quando cresci in un ambiente difficile, che non ti dà possibilità ma pesci in faccia e non riesci ad arrivare alla fine del mese, mentre vorresti crearti un futuro, l'esercito a volte è l'unica alternativa.

«Ma te la senti di trattare questi temi?» mi chiede lui. Aidan sarà un rompiscatole, ma è il bravo ragazzo che tante mamme vorrebbero per le loro figlie e si preoccupa sempre per me.

«Non ho bisogno di un babysitter.» Stringo il pugno e la mascella.

«Lo so, e hai ragione, ma...»

«Ce la faccio» lo interrompo secco. Non voglio sentire ciò che ha da dire, anche se lo apprezzo e in alcuni momenti la sua premura mi fa bene. Prendo un respiro, chiudo gli occhi e una fitta mi trafigge dietro il bulbo oculare sinistro. Questi mal di testa mi uccideranno.

«Tutto bene, amico?»

«Sì, sì...» Lo allontano allungando il braccio. Mi guardo intorno: non voglio che qualcuno mi veda in questo stato. Meno la gente sa, meglio è. Ho un'intera carriera davanti e questa cosa non me la rovinerà. «Ora...» metto la mano sulla fronte «ora ho bisogno di un po' di tranquillità per concentrarmi sul lavoro.»

«Certo» dice Aidan alzandosi. «Se hai bisogno, sai dove trovarmi.» Mi dà una pacca sulla spalla ed esce dal mio "loculo".

Mi prendo la testa fra le mani, cerco di respirare in modo da lasciare fluire il dolore prima che si trasformi in altro, proprio come ha cercato di insegnarmi Lauryn una delle ultime volte che ci siamo visti.

Chiudo di nuovo gli occhi. Un'immagine mi si pianta nel cervello, come un video che continua ad andare in loop, e non ho modo di fermarlo, se non con le pastiglie. Forse.

Sento il battito cardiaco calmarsi. Un'altra immagine inizia a farsi spazio nella mia mente, è come un'interferenza.

È *lei*. E fa più male di tutto il resto messo insieme.

CAPITOLO 3
Priya

«Ti prego, ti prego, ti prego!» Tessa mi salta addosso non appena rientro a casa, ossia nel suo loft. Ormai vivo più qui che nel Queens, perché la Columbia è vicina e poi non ho intenzione di sorbirmi ogni sera le ramanzine di Arjun, mio fratello, e dei miei genitori sulle mie scelte di vita. Secondo loro, una ragazza indiana dovrebbe pensare a trovarsi un marito, invece di inseguire sogni che riguardano stelle, pianeti e razzi.

Devo ammettere, però, che gli interrogatori di Tessa mi fanno pensare che ogni tanto sarebbe meglio scappare anche da qui.

«Che succede?» le chiedo quasi allarmata.

Mi aiuta a togliermi la giacca, mi prende la borsa e le appende insieme nell'armadio all'entrata. Mi afferra per una mano e mi trascina sul divano.

«Prego! Questo è per te!» Mi porge un bicchiere di vino. Sul tavolino davanti a noi c'è un piatto contenente alcuni snack salati.

«A cosa devo quest'accoglienza?» chiedo corrugando la fronte.

«Allora?» Sporge il busto verso di me. «Raccontami tutto che non sto più nella pelle!»

Il terzo grado è iniziato. Quasi quasi preferirei farmi denigrare dalla mia famiglia, che farmi interrogare da Tessa.

Bevo un lungo sorso di vino, non posso farcela a superare questa senza alcol. Poggio il bicchiere ormai quasi vuoto sul tavolino, afferro qualche salatino e la guardo. «Cosa vuoi che ti racconti? Della lezione che ho tenuto oggi al posto del professore sulla singolarità dei buchi neri? Oppure di come sia stata piegata tutto il resto della giornata su vari manuali di astronautica e astrofisica per riuscire a diventare, il più presto possibile, astronauta?»

«Dai, Pri!» urla lei. «Lo sai a cosa mi riferisco, o meglio, a chi!» Beve qualche sorso di vino e mette il bicchiere accanto al mio. «Com'è stato stanotte con Dan?» Fosse un cane, a questo punto, starebbe sbavando.

«Non ho nulla da raccontare.» Prendo di nuovo il mio bicchiere e me lo scolo fino all'ultima goccia. Non ho un problema con l'alcol, bevo in modo consapevole, devo dire però che il lieve pizzicore e il calore del vino sono tra le più belle sensazioni mai provate. A parte quella della lingua di Dan sulla mia pelle.

Scrollo la testa per non pensarci, anche se è quasi fisiologico che il giorno dopo la testa continui a riproporre le scene vissute durante la notte.

È stata solo una notte di sesso, Priya.

«Non è giusto però! Sono la tua migliore amica, anzi, siamo quasi sorelle, conosciamo entrambe Dan da una vita... e non vuoi raccontarmi com'è andata stanotte?» Tessa inizia a inalberarsi.

«Cosa ti fa pensare che con Dan ci sia stato qualcosa stanotte?» Mi metto comoda, cercando di farle capire che la notte appena passata non ha alcun peso sulla mia vita. E mai l'avrà.

«Oh, andiamo, Pri! Io ti conosco...» La mia amica si piega verso di me e mi osserva concentrata. «Capelli più lucenti e spettinati, occhi con quella che tu chiameresti polvere di stelle e lineamenti del viso decisamente più rilassati.» Mi guarda dritta negli occhi.

«Ha ancora qualcosa da annotare, Sherlock dei miei stivali?»

«Se tu portassi gli stivali, Pri, invece delle tue solite sneakers sgangherate, saresti pure parecchio felice.» Tessa è da sempre fissata con la moda, non per nulla lavora al *Modern Girl Magazine* nella pubblicità e nel marketing, e devo dire che i suoi gusti piacciono a tante persone. È molto brava nel suo lavoro e idea campagne pubblicitarie che fanno invidia ad altre testate più affermate nell'ambiente.

Ed è colpa sua se sono finita a letto con Dan, perché anche lui lavora lì – grazie a lei, tra l'altro – e sempre lei mi ha trascinata alla festa annuale.

Io odio le feste, odio tutto ciò che è sociale, odio tutto ciò che è casino. Io voglio i miei pianeti, le mie stelle e i miei buchi neri. Datemi il vuoto, il tempo e lo spazio e sono felice.

«Non toccare le mie sneakers, quelle mi accompagnano ogni giorno senza darmi problemi ai piedi che potrebbero distrarmi dal mio lavoro» le dico mettendomi in bocca qualche nocciolina.

«Come l'amore, giusto?» cerca di rincarare la dose.

«Certo, l'amore non lo considero nemmeno. E poi, con Dan non è amore, e non lo sarà mai. Ho altro a cui pensare!» dico con la bocca ormai piena. Ma perché mi sto rimpinzando in questo modo?

«Ah-ah!» Tessa si alza di scatto dal divano come se avesse scoperto che c'è vita su Marte e punta il dito contro di me. «Lo sapevo io! C'è stato qualcosa! Se non me lo vuoi raccontare, sappi che io ti conosco troppo bene, e te lo leggo negli occhi e in faccia!»

«Ehi, ehi, ehi... calmati!» Mi piego indietro e metto la mano davanti a me. «Se ci fosse stato qualcosa con Dan ieri notte, la cosa è nata ieri sera e finita prima dell'alba. Punto.»

«Te ne sei andata senza salutarlo?» Si siede di nuovo di fianco a me e sgrana gli occhi.

«Cosa avrei dovuto fare? Aspettare di svegliarci con la fiatella mattutina, fare finta di essere una coppietta che si fa le coccole, fare colazione insieme e poi salutarlo con un "chiamami" lascivo e imbarazzato?»

«Certo!» esplode lei. «Questo è quello che avresti dovuto fare! È Dan! Lo conosci da tempo! E da tempo sai che stareste molto bene insieme!» La sua voce stride peggio dei gessi che a volte il mio professore usa sulla lavagna per risvegliare gli studenti dal coma profondo in cui si trovano durante alcune lezioni.

«Tess... calma...» Le metto una mano sulla spalla. Si sta comportando come se la relazione tra Dan e me riguardasse lei. «Lo sai che io non sono una da relazioni, anche se Dan è un bravo ragazzo e sicuramente meriterebbe una come me.» Le faccio l'occhiolino.

«Modesta...» continua lei, mentre versa ancora vino nei bicchieri di entrambe.

«Sono solo realista, e comunque tutta questa conversazione non serve a nulla, perché non c'è proprio nulla di cui parlare. È stata una notte. Una notte e basta.» Pronuncio queste parole, sorseggiando gli ultimi decilitri di vino versato da Tessa, ma qualcosa mi rimane sullo stomaco. Saranno queste noccioline e il terzo grado della mia migliore amica.

«Lo sai che le donne possono avere tutto, vero?» mi chiede lei abbassando i toni. «Non siamo più a qualche decennio fa, dove dovevamo scegliere tra la carriera e l'amore. E la cosa che mi stupisce di più è proprio il tuo modo di ragionare, considerando quanto sei femminista convinta.»

«Lo so che le donne possono avere tutto!» sbotto con un fervore inaspettato, tanto da far sobbalzare Tessa, che per lo spavento rischia di far uscire il vino dal bicchiere.

«Sì, ma calmati! Non voglio macchiarmi la tuta. È di Fendi.»

«Il mio obiettivo è quello di entrare a far parte della chapea, lo sai. E non posso permettermi distrazioni. Lavorare per uno dei più importanti progetti riguardanti la ricerca per mandare l'uomo su Marte è tutto ciò che conta per me. Le nottate di sesso con Dan o chiunque altro non possono distrarmi da tutto questo.» Lo dico d'un fiato e con una passione tale che sembro un politico a un comizio elettorale.

«Okay, okay, okay... respira...» Tessa ora fa ciò che io ho fatto con lei prima: cerca di calmarmi. «Non c'è bisogno di prendersela in questo modo.»

«Non me la sto prendendo!» La voce mi esce di qualche tono più alta. Mi schiarisco la gola, abbasso gli occhi e poi guardo di nuovo la mia migliore amica negli occhi. «Scusami, sono solo stanca e un po' tesa per tutta la documentazione che devo inviare per candidarmi alla chapea.»

Tessa finisce l'ultimo sorso di vino, mi guarda, prende qualche stuzzichino e passa di nuovo lo sguardo su di me.

«Scusami tu... non dovrei insistere sempre così tanto, però credo nel mio fiuto e in ciò che ti ho detto.» Si lascia andare sul divano con un sospiro. «E poi lo sai, non aspetto altro che il giorno in cui sarai su un razzo, pronto a spedirti sul pianeta rosso.» Mi fa l'occhiolino e si riempie la bocca di patatine.

«Sì...» Mi lascio andare anche io sullo schienale del divano e guardo fuori dalla vetrata del loft. Il panorama di New York è davanti ai miei occhi. Amo questa città, amo questo Paese e questo pianeta, ma non posso immaginare una vita che non vada oltre. «Essere su un razzo pronto a partire, con tonnellate e tonnellate di propellente sotto al culo...»

«Come sei poetica, Pri!» continua lei, sgranocchiando ora delle noccioline al wasabi.

«Ad ogni modo, poetica o meno, prima di sognare di partire con un razzo sotto al culo...»

«E dai, smettila di parlare così!» si lamenta lei.

«Okay, va bene...» sorrido e la guardo. «Prima di lasciare questa Terra con un razzo di ultima generazione, devo entrare alla chapea. Ci sono tanti progetti per raggiungere Marte, ma non si sa quando saranno attuabili e mi devo giocare tutte le carte possibili per essere uno dei nomi che prenderanno in considerazione per questa missione.»

«Pri, io credo in te e lo sai.» Si gira verso di me e mi guarda negli occhi. «E io so che tu ce la farai, qualsiasi cosa vuoi fare... ma posso farti una domanda? Non scomunicarmi per favore però» sghignazza Tessa, mentre deglutisce tutto ciò che ha nella bocca.

«Spara!» Le sorrido, sto cercando di smorzare i toni, perché so che spesso posso avere l'aria arcigna e minacciosa di una lottatrice di wrestling.

«Guardando sempre alle stelle, non hai paura di perderti ciò che di importante puoi trovarti accanto?»

È una domanda che non mi colpisce, perché – anche se lei non lo sa – me la sono già posta più volte.

«Be', c'è qualcosa di estremamente affascinante nel poter esplorare mondi che nessuno ha ancora esplorato, nel poter vivere per primi un'esperienza che nessuno a parte i robot ha ancora vissuto...» Guardo sempre il panorama di New York. Non riesco a staccare gli occhi dalla sua bellezza. «Vedi, noi viviamo nella più bella città del mondo, un luogo che ci dà totale libertà e mi ha permesso di arrivare dove sono, senza il sostegno della mia famiglia...» Mi volto a guardare la mia migliore amica.

«Eppure, quando mi capita di scorgere le stelle oltre l'inquinamento luminoso della città delle luci, non ho mai messo in dubbio la mia attrazione per tutto ciò che sta lassù.»

«E se un giorno ti dovesse capitare di innamorarti follemente di un ragazzo? Partiresti lo stesso per una missione su Marte che potrebbe durare interi anni?»

«Conoscendomi, sì, ma prima di arrivarci, devo lavorare sodo. E i sentimenti posso controllarli molto bene, perché la voglia di fare una cosa che mai nessuno ha fatto è più forte di qualsiasi sbandata per qualche ragazzuolo.»

Tessa continua a bere. «Sei una causa persa...» dice mentre alza il suo bicchiere. «E brindo a te!»

Alzo il bicchiere a mia volta, prendo un altro sorso e continuo a guardare le luci di New York, e l'orizzonte che pian piano si fa arancione per poi passare al viola e infine cedere il passo al manto di stelle offuscato da tutte queste luci.

Mi incanto anche a guardare loro, certo, ma so che lassù c'è qualcosa che mi aspetta.

Un'immagine, però, irrompe tra i miei pensieri come una lama che squarcia un telone raffigurante il cielo stellato. Lo sguardo di Dan, il suo calore, il ritmo del suo respiro.

Qualcosa si accende in me. Non riesco a capire cosa sia. Non so se mi faccia bene o altro.

So solo che è lì. E devo assolutamente scacciarlo.

CAPITOLO 4

Dan

Ho proprio bisogno di una birra, o forse di qualcosa di più forte. Aidan mi raggiunge al Dead Rabbit, un pub irlandese nelle vicinanze degli uffici del *Modern Girl Magazine*, che si affaccia su Water Street nella zona più vecchia di New York City, ossia quella dove i miei avi sono approdati con l'emigrazione dall'Irlanda.

La testa mi pulsa ancora dopo questa giornata che pesa più di alcuni titoli che ho scritto sulla guerra.

«Non è bello vedere un ragazzo così giovane senza gambe e con alcune cicatrici ben visibili sulle braccia...» Prendo un sorso della birra ghiacciata che il barista mi mette davanti.

«Posso crederti amico.» Aidan fa lo stesso, mentre siamo seduti sugli sgabelli del bancone in legno laccato scuro.

Qui dentro tutto inneggia all'Irlanda. Sono nato e cresciuto a Brooklyn, non sono mai stato nel mio Paese d'origine, ma stare qui dentro mi fa sentire a casa. Non so se sia perché con me spesso c'è il mio migliore amico, o perché il mio dna viene risvegliato dalle bandierine colorate e dalla birra irlandese, o semplicemente perché è l'unica cosa che non è cambiata da quando sono andato in Afghanistan.

Le nostre conversazioni non sono mai intense o piene di emozioni, ma solo con Aidan sono riuscito ad aprirmi sul mio vissuto. Poche parole, tanti fatti e soprattutto una comprensione che va oltre il linguaggio parlato.

«Avevi sete?» Sghignazzo vedendo i suoi occhi diventare rossi per le bollicine e il suo stomaco iniziare a pompare fuori aria dalla bocca.

«Già... È stata una giornata a dir poco infernale con Roberts che mi ha alitato sul collo come un cane rabbioso tutto il tempo. Lo sai com'è fatto...» Beve un altro sorso.

«Sì, ti capisco. È un miracolo che da quando sono tornato non mi abbia ancora preso di mira con la sua ansia e il suo perfezionismo.» Prendo ancora della bevanda ghiacciata. Questa Guinness è un piacere per i sensi. Alzo il bicchiere che si sta svuotando troppo in fretta e faccio segno al barista di servircene altre due. Aidan di sicuro non si tirerà indietro.

«Sei l'eroe della redazione, se perde te, possono pure chiudere la sezione dedicata agli approfondimenti che donano un certo spessore a questo magazine.»

«Se me ne dovessi andare, rimarresti tu a lavorare alla sezione» ribatto.

«Io non sono te, e lo sai.» Mi dà una pacca sulla spalla. «Tu sei quello che senza pensarci due volte ha deciso di prendere e partire per l'Afghanistan in uno dei periodi più bollenti del conflitto. E hai fatto il tuo lavoro in modo impeccabile, nonostante tu sia ancora un giovincello.» Aidan e io siamo grandi amici, ma spesso per me è come un fratello maggiore, siccome è dieci anni più vecchio di me. «Lo sai che se non avessi Emily della quale prendermi cura, il salto come freelance lo farei...»

Nonostante i suoi problemi, quando Aidan pronuncia il nome di sua figlia, gli si accende una luce negli occhi. «Già, ma con le bollette da pagare è difficile essere un freelance, e parlo persino per me che sono solo.»

«Comunque, non so quanto ancora potrò far finta di nulla, prima di sbottare con Roberts e rischiare di uscire dalla redazione per sempre con uno scatolone pieno delle mie cose...» La sua seconda birra è appena arrivata che è già quasi finita.

«Il punto è che, anche se ci occupiamo di temi importanti, le altre testate non ci filano perché lavoriamo in quello che per alcuni è solo un giornaletto da donnicciole...»

«Chi lo dice questo? La tua Priya?» sorride e mi dà una gomitata, che ricambio molto volentieri. «Ehi, mi hai fatto male!» esclama tenendo il bicchiere che stava per rovesciarsi. Forse sono stato un po' troppo irruento.

«Se non vuoi riceverne un'altra, piantala di parlare di lei!» Lo dico con simpatia, non voglio sentir proferire parola riguardo alla marziana, soprattutto oggi che in mente ho *lei*. La notte appena trascorsa deve rimanere dov'è, ossia nel passato.

«Va bene, non si parla di Priya. Come va invece con i tuoi incubi?» Si piega di lato verso di me e fa cenno al cameriere di portare due ulteriori birre. La mia seconda è ancora a più di metà.

«Non stai esagerando troppo stasera?» gli chiedo. Non sono

un bacchettone e penso che ognuno sia adulto abbastanza – soprattutto Aidan – per capire quali siano i limiti. Però ho l'impressione che stasera sia proprio a rischio e, siccome non può permettersi di perdere la bambina visto che la sua ex moglie è sempre pronta a coglierlo in fallo, meglio tenerlo d'occhio.

«L'ultima, lo sai che mi so regolare» mi risponde senza neanche guardarmi, ma abbassando lo sguardo e giocherellando con il fondo del bicchiere vuoto sul bancone. «Non rispondi alla domanda?»

«Quando inizio a parlare di queste cose, divento pesante, altro che distrarsi: ci sarebbe poi da tagliarsi le vene e lasciarsi morire...» Cosa che, per la cronaca, solo lui sa che una volta è quasi successa.

«Non mi piace quando scherzi così» mi ammonisce e mi guarda serio.

«Lauryn mi ha detto che aprirmi su questo argomento mi avrebbe aiutato a guarire da simili azioni contro me stesso.»

«Sì, però tu non ti stai *aprendo*, ma ci scherzi sopra, vorrei sapere cosa ne pensa di questo la tua psicologa.» Prende una manciata di noccioline e se le infila in bocca tutte.

«Lauryn mi ha detto che sto facendo progressi, devo solo non stressarmi troppo e cercare di rimanere consapevole del momento presente senza farmi risucchiare dal pensiero dei paesaggi sabbiosi dell'Afghanistan e dalle immagini di *lei*.» Sento il bisogno di fare una pausa. Porto il bicchiere alla bocca e mi scolo tutto il liquido scuro come l'ebano al suo interno.

Lo poggio sul bancone e la vista inizia ad annebbiarsi. Mi stropiccio gli occhi e nei brevi momenti in cui sono chiusi scorgo i suoi capelli lunghi e neri che danzano nel vento.

«Tutto bene?» Aidan riesce a interrompere quell'istante e gliene sono parecchio grato. Di solito le mie crisi di emicrania, che finiscono ad antidolorifici o sedativi e con una dormita di dieci ore, iniziano in questo modo. Il punto è che ora sono in un luogo pubblico, devo ancora attraversare la città in moto con l'alcol che mi scorre nelle vene e arrivare a casa sano e salvo.

«Sì, sì» gli dico scrollando la testa.

«Era ancora lei, vero?»

Annuisco senza spiccicare parola. Le parole ora non sarebbero altro che un binario parallelo ai pensieri in continuo movimento nella mia mente.

«Parliamo della marziana, allora!» Aidan cerca di distrarmi ancora una volta.

«Che Dio me ne liberi!» esclamo come se nulla mi importasse.

La pelle color ambra di Priya, come il colore della Guinness che ho appena finito di gustare, così liscia, perfetta, gustosa, è rimasta ancora sulla punta della mia lingua da ieri notte. Questo lo devo ammettere. Non voglio, però, che Priya diventi un baluardo contro i miei pensieri.

«Dico per davvero, non ti vedresti con una come lei? Perché, conoscendovi, formereste una di quelle coppie da romanzo rosa con alla base l'amore-odio.» Incrocia le braccia sul busto e mi guarda con fare serio.

«Aid, hai proprio bevuto troppo...» Sghignazzo. «Priya e io? Forse a letto, ma con una come la marziana la mia vita sarebbe al capolinea.» E lo sarebbe sul serio, perché so come finiscono le donne che vogliono avere troppo dalla vita, essere indipendenti. Come *lei*.

«No, l'alcol qui non c'entra nulla. Come detto stamattina, ho visto l'aria che tira tra di voi: era la stessa che tirava con Tiffany appena ci siamo conosciuti e innamorati.»

«Infatti, con Tiffany è stato un successo, vero?» Mi pento subito di ciò che ho detto e di come mi è venuto fuori. «Scusa, non volevo dire questo...»

«Fa niente.» Aidan abbassa lo sguardo, turbato da ciò che gli ho detto. «Tu lo sai però perché è finita, e comunque non c'entra nulla, perché non sai mai come può andare. È difficile far funzionare una relazione, ma quando vedo un'energia come quella che c'era tra voi l'altra sera, sono sicuro al cento per cento che ne possa valere la pena.» Lo dice con la sicurezza di chi se ne intende di relazioni, e forse è proprio così.

«Ad ogni modo, la marziana non fa parte di questo mondo, ha la testa troppo tra le stelle e il suo più alto ideale è quello di lasciare la Terra per raggiungere la superficie marziana» gli spiego. «Anche se un giorno o l'altro, malauguratamente, io volessi provarci con lei, non è materiale né da famiglia, né da matrimonio.»

«Mai dire mai. Le donne al giorno d'oggi possono andare su Marte e avere una famiglia. Basta solo volerlo.»

Per me, invece, è una cosa che non prenderò mai in considerazione.

Soprattutto perché devo ancora confrontarmi con *lei*, il cui ricordo esplode quando meno me lo aspetto, proprio come quelle bombe che ho imparato a schivare bene in Afghanistan.

DUE ANNI DOPO

CAPITOLO 5

Priya

Oggi è una di quelle giornate che mi fanno desiderare di partire per Marte e non tornare più. Non sopporto nessuno, a partire da Tessa che mi sta stressando con il lancio di una nuova stagione del podcast *Influencer per Amore*. Sebbene non gliel'abbia ancora detto, penso si renda conto che, se entro a far parte della missione chapea, dovrà gestire tutto con Cynthia, la produttrice esecutiva. Faccio già fatica a star dietro a tutto ciò che riguarda il mio posto di assistente alla Columbia; se devo occuparmi anche del programma, tanto vale smettere di lavorare per raggiungere il mio obiettivo. So quanto sia importante per lei il suo "bambino", ma sono sicura che ce la farà senza di me. Da quando è tornata dal viaggio in India e si è fidanzata, sembra più sicura di sé, ma non ha ancora interiorizzato questa cosa. È come se l'anello al dito le avesse dato una sicurezza e fiducia nella vita che prima non aveva.

Busso alla porta dell'ufficio di Vanessa alla Columbia. A lei non è che vada tanto meglio di me. A quanto pare il nostro collega continua a metterle i bastoni tra le ruote e a farle sgambetti: quando gli uomini si trovano davanti una donna capace, intelligente e pure bella come lo è Vanessa, allora è finita. Diventano uno più stronzo dell'altro.

Apre la porta trafelata, con la camicetta mezza sbottonata, due ombre sotto gli occhi e un bicchiere di caffè in mano.

«Ah, sei tu...» Si gira, fa qualche passo e si lascia andare sulla sedia della sua scrivania. «Pensavo fosse quello stronzo di Goldberg.»

«È successo di nuovo?» le chiedo, mentre chiudo la porta e mi accomodo davanti a lei sul bordo della scrivania.

«Perché, pensavi non succedesse più?» mi chiede con sguardo interrogativo e poi scola l'ultimo sorso. «'sto caffè fa proprio schifo.» Fa una smorfia di disgusto e si passa il dorso della mano sulla bocca. «Schifo come questo periodo...»

«Sai che se hai bisogno, mi ci metto io a...»

«No, voglio farcela da sola. Devo fargli vedere io di che pasta sono fatta. Non voglio che nessuno mi difenda, anche se tu in quattro e quattr'otto lo metteresti al suo posto.» Lancia il bicchiere di carta cercando di far centro nel cestino a pochi centimetri da noi con poco successo. «Vedi? Non sono brava nemmeno in questo!» Sbuffa e lascia cadere la testa all'indietro.

«È proprio quello che ti vogliono far pensare, che tu non sia abbastanza brava, abbastanza intelligente, addirittura abbastanza bella» le dico.

«Insomma, che io non sia *abbastanza*.» Chiude gli occhi con la testa ancora a penzoloni.

«È il patriarcato» le dico. Ma posso fare ancora qualcosa per lei: «Ed è per quello che devi mostrare i denti, urlare come un'amazzone e andare a prenderti ciò che è tuo di diritto.»

Una sensazione mi monta dentro. Quando parlo della condizione delle donne spesso mi sento frustrata, ma sarei pronta a partire all'arrembaggio come facevano le grandi eroine della storia, senza aver paura di perdere nulla.

«Sì, e poi magari cavalcare pure nuda per il campus...» Tira su la testa e inarca un sopracciglio.

«Quella era Lady Godiva... e poco c'entra con le amazzoni» sghignazzo.

«Apprezzo il tuo volermi motivare, ma al momento avrei bisogno di una spa, un lavaggio ai capelli, lasciare Pietro un paio di giorni dai nonni e magari le coccole di un ragazzo che mi vuole bene. Oppure solo di sesso, non lo so.»

«Le coccole?» Mi sporgo verso di lei. «Hai bisogno di *coccole*?»

«Mah... no, confermo: ho bisogno di sesso, ma mi manca la materia prima. O si attaccano come sanguisughe, o ti usano e poi ti sbattono via» mi dice lei guardando fuori dalla finestra.

«Insomma, non che io abbia una grande attività sessuale, anzi, ultimamente è il deserto più assoluto, anche perché devo pensare al lavoro e a Pietro, però ogni tanto mi chiedo come sarebbe potersi lasciare andare e fidarsi di qualcuno.»

«Se è un uomo, non ti puoi fidare. Punto» le dico con fermezza. «Questa è una delle prime regole.»

«Le tue?» ribatte con una risata. Vanessa si alza dalla sedia e inizia a rovistare nella pila di documenti che ha sulla scrivania. «E dire che l'avevo messo qui da qualche parte...» mormora alla ricerca di chissà che.

«Le mie e quelle di altre migliaia di donne che finalmente hanno aperto gli occhi sugli uomini e sulle relazioni» rispondo conscia che il suo pensiero ora sia altrove.

«Guarda che ogni tanto ascolto il podcast di Tessa e so di cosa parlate. E mi chiedo pure come tu sia sopravvissuta lavorando in un posto che non riflette i tuoi valori, o interessi» continua, mentre passa in rassegna a uno a uno i fogli della pila che ha preso di mira.

«Lavoro lì perché Tessa è come una sorella, ma dovrò vedere come fare se mi prendono alla chapea.» La missione è lì, nella mia testa, in ogni movimento che compio durante la giornata, ormai da due anni. Quello è il mio primo passo per andare poi su Marte. Un giorno. «Scusa, ma cosa stai facendo?»

«Sto cercando una cosa che mi permetterebbe di mettere Goldberg al suo posto, forse una volta per tutte!» Non stacca gli occhi dai pezzi di carta che fa passare tra le mani. «Comunque, riguardo a Tessa, parlale al più presto, perché sono sicura che entrerai come nulla!» Mi fa piacere che Vanessa abbia così tanta fiducia in me, ma una sensazione strana mi prende tra lo stomaco e lo sterno. «E poi devi vedere come fare anche con Dan.»

La sensazione si tramuta in nausea. «E come dovrei fare di preciso con Dan?» Incrocio le braccia e mi alzo dalla scrivania.

«Be', parlargli? Chiarire con lui cosa volete da questa relazione?» Alza gli occhi dalla ricerca compulsiva che sta compiendo e mi fissa.

«Relazione? Ma noi non abbiamo una relazione! L'unica cosa che è chiara è proprio questa!» La voce aumenta come minimo di due toni e mi piego verso Vanessa, che si rannicchia quasi impaurita.

«Okay, okay, tranquilla però. Ogni volta che si parla di Dan sembri un pezzo di legno» mi dice sghignazzando.

«Io non sono un pezzo di legno!» urlo ancora, mentre lei sposta gli occhi sulle mie braccia e guarda la mia postura.

«Okay, forse sono un po' tesa» continuo, lasciando andare le braccia per non darle la soddisfazione di avere ragione «ma solo perché queste cose da diciannovesimo secolo non mi piacciono. Le relazioni ora sono fluide» gesticolo con le mani «non c'è bisogno di definirle!»

«Però hai appena parlato di relazioni!» Inarca un sopracciglio e piega gli angoli della bocca verso l'alto.

«Sì... ma io intendevo... insomma che...»

«Pri» Vanessa si alza in piedi e mi mette le mani sulle spalle «tranquilla, capisco ciò che intendevi» mi dice con fare materno.

«Con Dan è solo sesso, ogni tanto... e basta» dico abbassando gli occhi e percependo quella sensazione sempre più presente. «Lui sa tutto dei miei piani e sicuramente non lo disturba che io voglia andare su Marte. Ci divertiamo, buttiamo fuori gli ormoni insieme e almeno lo facciamo con chi conosciamo da tempo, senza legami e senza chiedere coccole o altro. Per quello funziona.» La mia voce tradisce affanno.

Vanessa mi guarda dritta negli occhi per qualche istante, lascia andare le mie spalle e si siede alla scrivania, con il suo plico disordinato di nuovo davanti. «Tranquilla, Pri. Sono affari tuoi, non mi permetterei mai.»

Mi lascio andare sulla sedia libera. «Scusami, non volevo essere così irruenta.»

«Non fa niente...» dice ancora concentrata sui fogli. «Eccola! La prova che ho ragione!» Agita in aria un foglio e poi me lo mostra. «Ora vado a sbatterla in faccia a Goldberg e voglio vedere cosa avrà il coraggio di ribattere!»

«Sono i risultati della ricerca che lui ha casualmente omesso nel suo paper, dicendo che sono inconcludenti?» Sgrano gli occhi.

Vanessa annuisce trionfante con la testa e con un lampo negli occhi che mostra la sua determinazione.

«Comunque, Pri, quando si tratta di sentimenti, qualsiasi essi siano, a volte ci si comporta così» e mi fa l'occhiolino sorridendo.

Non voglio approfondire quest'ultima frase, la lascio pensare come desidera. Lei è quella del ragazzo che la coccola, io sono quella che degli uomini se ne infischia. Forse dovrei smetterla di vedermi anche con Dan, meglio tenermi gli ormoni in equilibrio, se dovrò iniziare l'addestramento per la chapea.

CAPITOLO 6
Dan

Sono contento di non dover più andare ogni giorno a Manhattan. Gli uffici dell'*Urban Pulse Post* si trovano a pochi isolati dalla casa nella quale è vissuto Notorious b.i.g., il rapper che qui a New York idolatrano quasi fosse un santo.

È strano, perché qui vicino abita anche la collega di Priya, Vanessa, con suo figlio, grande fan del rapper in questione e di quel pivellino tanto osannato, amato alla follia dalle ragazzine, Shawnormous B.

«Domani notte ci sarà l'eclissi solare» mi informa Aidan che, dopo aver risolto le questioni legali con la sua ex-moglie e aver ottenuto l'affidamento esclusivo di sua figlia, negli ultimi anni ha tirato fuori il meglio di sé, donandolo in primis alla sua bambina e poi alla nostra causa: fondare una testata online dedicata alla cronaca, ma soprattutto capace di parlare la lingua della moltitudine di abitanti dalle storie e culture diverse nella nostra città. Non solo Manhattan, non solo ciò che appare in superficie, ma entrando nel cuore pulsante della New York che amo di più: le persone normali, con le loro sfide e i loro problemi.

Concentrarmi su questo progetto, sul non farlo fallire, dandogli tutto ciò che ho e soprattutto la mia completa attenzione, mi ha aiutato a rimettere le cose in quadro.

Certo, vado ancora da Lauryn, che mi prescrive ancora qualche pillolina per dormire almeno le otto ore a notte che mi servono per far funzionare il cervello nel migliore dei modi. L'alcol, per fortuna, non è mai diventato una dipendenza.

L'altra dipendenza nella quale credevo di cadere prima o poi era l'ebrezza di avere sotto le coperte con me, all'occorrenza, una donna come Priya. In questo caso, però, sono riuscito a controllarmi bene e fino ad adesso di danni non ne abbiamo fatti e nessuno di noi due ne ha subiti. Siamo i cosiddetti "amici di letto", che si cercano se ne hanno voglia, si sfogano in modo sano e sanno che non ci saranno mai complicazioni, perché ognuno tornerà a casa sua e alla propria vita quando il giro sulla giostra è finito.

«E cosa dovremmo scrivere secondo te sull'eclissi?» chiedo. Non è un tema che mi interessa particolarmente, anche se devo dire che ha il suo fascino.

«Questo lo puoi chiedere alla tua amica Priya» mi punzecchia Aidan. Ormai parlare di lei è diventato normale, lui sa il tipo di relazione che c'è tra noi ed essendo un uomo lo approva in pieno. Di tanto in tanto me la butta lì per vedere che aria tira.

«Non saprei a cosa poter legare l'argomento...» Apro il portatile che è sempre più sollecitato, me lo porto ovunque, persino in bagno a momenti, ma è il compromesso che si accetta quando si diventa freelance o, come mi hanno chiamato, un imprenditore. Si lavora tutti i giorni, a ogni ora del giorno e della notte. Poca gloria, pochi soldi, ma tanta soddisfazione e libertà di espressione.

Vado sul mio motore di ricerca preferito e digito: *eclissi solare domani*. I risultati della ricerca non tardano ad arrivare. Scorro lungo le varie voci e uno in particolare attira la mia curiosità.

«Ehi, questo potrebbe essere molto interessante.» Clicco sull'articolo informativo e mostro lo schermo ad Aidan.

«*Cose da fare e da non fare secondo gli induisti durante un'eclissi solare*» enuncia, poi continua a leggere in silenzio. «Be', abbiamo il tema e sappiamo a chi chiederlo. Vedi? La tua Priya salta sempre fuori.» Alza e abbassa le sopracciglia per prendermi in giro.

«Non è l'induista più idonea che conosca. Se le chiedo di rilasciarmi un'intervista su questo genere di credenze, confuterà tutto quanto con teorie scientifiche da buona *marziana*...»

«Dan, conoscerai sicuramente qualcuno della sua famiglia che invece è tradizionalista, no?»

Continuo e devo dire che questa lettura risulta molto interessante.

Prendo il cellulare e apro la chat.

Dan

Marziana, dimmi che hai un parente che si comporta da induista convinto durante le eclissi.

Non la saluto mai quando le scrivo, abbiamo un dialogo continuo. Non c'è mai un "ciao, come stai?", il discorso va avanti ormai da anni. E va bene così. Senza fronzoli. Solo domande pratiche per metterci d'accordo sui nostri incontri.

Vedo la dicitura "la marziana sta scrivendo" e provo un formicolio alla bocca dello stomaco. Mi succede spesso. È il subconscio che manda segnali ai miei neuroni e istantaneamente provoca sensazioni che si attivano durante il sesso. O, almeno, questa è la spiegazione di Lauryn.

Priya

Se cerchi fondamentalisti, posso presentarti tutta la mia famiglia.

Come sempre di poche parole e dritta al punto.

Questa frase mi mette un po' a disagio. In effetti, sono anni che ci frequentiamo prima da semplici amici e ora da amici di letto, e non ho mai conosciuto nessuno della sua famiglia.

Conosco il tipo di rapporto che hanno, qualche retroscena su cui mi ha informato Tessa, la quale certe cose non dovrebbe raccontarle, ma a volte non riesce proprio a chiudere la bocca, mentre altre me le ha fatte intendere Priya durante le poche volte che ci siamo aperti.

La mia famiglia ormai è decimata, i miei genitori non ci sono più da diversi anni e non ho parenti così vicini ai quali rivolgermi, ma considerando come l'hanno spesso trattata, meglio non avere più i genitori che vivere costantemente sotto la lente di chi non ti apprezza per quello che sei.

Dan

> *Volentieri. Domani nel pomeriggio da te nel Queens?*

Scrivo questa frase come se fossi stato a casa sua tante volte, quando invece ci sono passato davanti una volta sola, anche se lei non lo sa. Negli ultimi anni è stata molto da Tessa; in pratica ha abitato lì, ma di recente si è spostata di nuovo quasi in pianta fissa dai suoi nel Queens, perché Tessa ormai convive con il suo fidanzato.

Ero così curioso di vedere la sua casa che una notte, nella quale tanti pensieri mi attanagliavano, ho preso la mia Kawasaki Ninja 650, la mia piccola bimba, ho percorso qualche chilometro fino alla Jamaica Bay e poi ci sono passato davanti.

Priya

> *Okay per le 17.00? Ti mando la posizione. Devo ancora chiederlo alla mia famiglia, quindi potrebbero dire di no. Tu tieniti libero e pronto lo stesso... In fondo, credo che la loro sete di curiosità sarà soddisfatta: finalmente conosceranno un altro essere umano, mio amico, che non è né indiano né Tessa.*

Mi scappa una risatina.

«Cosa c'è di così divertente?» Aidan si avvicina a me, mentre si prepara a uscire.

«Niente, niente...» Mi schiarisco la voce e mando un semplice "okay" sotto forma di smiley a Priya, che fa altrettanto con me.

«Di solito hai quell'espressione quando c'entra in qualche modo la marziana.» Aidan ormai mi conosce, ma non gli darò mai la soddisfazione – come non la darò mai a nessun altro – di pensare che la mia amica di letto possa farmi sorridere come uno scemo, ogni volta che mi scrivo con lei. Mai.

Riprendo la schermata con l'articolo sull'eclissi e faccio finta di fissarmi su una frase. «Mi fanno troppo sorridere tutte queste credenze sull'uscire durante le eclissi. Bisogna fare attenzione a cosa mangiare, quando mangiarlo, come cucinarlo... Secondo me però può essere un pezzo di cultura e un modo per dare anche risonanza alla comunità induista di New York.»

«In effetti non abbiamo quasi mai trattato di questioni simili, ogni tanto occuparsi di temi del genere fa prendere un po' d'aria al cervello e... sorridere.» Mi si avvicina, come se avesse capito che in realtà il mio sorriso ebete fosse per qualcosa d'altro.

«Il mondo è bello perché è vario» gli dico appoggiandomi allo schienale. Incrocio le braccia in grembo e lo guardo per fargli capire che non ho nulla da nascondere.

«Già...» Si gira e prende la giacca. «Soprattutto se c'è Priya...» Si schiarisce la voce e si allontana.

«Co... cos'hai detto?» Salto su e gli corro dietro, facendo finta di scherzare. In realtà, questa cosa mi lavora dentro, tanto che sentire il nome della marziana a volte mi fa prudere le mani.

«Cosa?» chiede lui, voltandosi di nuovo verso di me e facendo finta di niente.

«No, cosa lo chiedo io!» esclamo, con un sorriso stampato in faccia.

«Amico, guarda che io non ho detto nulla!» Mi fa l'occhiolino. «Dai, devo andare a prendere Emily. Comunque, salutami Priya quando la vedi!» Mi dà una pacca sulla spalla e scappa.

«Codardo» dico ridacchiando. Torno nel mio ufficio e prendo di nuovo in mano il cellulare.

Rileggo il nostro scambio di messaggi.

Conoscerò la sua famiglia. È una strana sensazione. Non so come descriverla.

Sarà la curiosità di non conoscere questa parte così importante della vita di una persona che è nella mia esistenza da diverso tempo. Sarà che voglio scoprire in quale ambiente è cresciuta e perché è arrivata a essere così com'è.

Un articolo che mi verrebbe da proporle sarebbe: *Nata in una famiglia induista molto tradizionalista, si vota alla scienza e sogna di andare su Marte.* Insomma, non è proprio uno scoop, ma diciamo che la sua figura la farebbe.

Se entra alla chapea, per la quale è ormai nella rosa dei candidati finali, quasi quasi un'intervista gliela propongo.

D'altronde, è la mia amica di letto.

CAPITOLO 7
Priya

Potrei riconoscere a isolati di distanza il rombo della Kawasaki di Dan.

Non appena il mio udito sente il rombare del motore che si avvicina alla casa dei miei, mi alzo dal letto, mi guardo brevemente allo specchio – non devo certo sembrare bella per Dan, sono una donna intelligente e mettermi in mostra non mi appartiene – e scendo giù di sotto.

«Maa, papa, Dan è arrivato!» Lo dico forse con troppa foga, perché mia madre si alza di scatto dal divano, sul quale si stava godendo l'ennesima serie televisiva indiana, che guai a mostrare baci, carezze o simili, e si fionda in cucina a prendere il vassoio di *gulab jamun* – i tipici dolcetti indiani – e il *chai* fatto in casa e li poggia sul tavolino, sprimacciando poi i cuscini e rassettando il salotto alla velocità della luce.

Si apposta dietro la finestra e scosta di poco la tenda.

«È un motociclista?» Mi squadra e vedo l'ansia apparire nei suoi occhi. Sia mai che la sua bambina abbia poggiato il suo bel culetto sulla moto di un ragazzo.

«Sì, maa, e anche parecchio bravo!» esclamo io, mentre apro la porta ed esco, facendo di tutto per non vedere la sua reazione non appena capirà che ci sono salita più di una volta, su quella moto.

Sapesse che andiamo a letto insieme, mi porterebbe subito al tempio dal pandit per evitare che il mio karma si appesantisca ancora di più.

Scendo gli scalini esterni, apro il cancelletto e mi fermo rapita da un suo gesto. Ho visto Dan su quella moto in molte occasioni, ma questa volta mi fa rimanere con il fiato sospeso.

Si toglie il casco, lascia andare i lunghi capelli mossi e un ciuffo gli ricade davanti al viso. «Ehi, marziana! Finalmente vedo dove vivi!» Attacca il casco al manubrio e scende dal mezzo con un'agilità che non avevo mai notato prima. «Allora è qui che è cresciuta Priya Neelam.» Mette le mani in vita, le gambe sono divaricate, e osserva la facciata della villetta dei miei genitori. «Chissà quanti segreti nascondono i muri di questa casa...»

«In realtà è solo un alloggio provvisorio, fino a quando vedrò cosa capiterà con la missione» mi limito a dire, cercando di non tradire alcuna emozione.

È solo il tuo migliore amico che scende dalla moto. Con quei jeans attillati. Con quella giacca di pelle che lascia intravedere l'ampiezza delle sue spalle. Il tuo migliore amico, con il quale vai a letto.

Okay, Pri, non fare la Tessa di turno e smettila di fare la lista delle cose che ti piacciono di lui. Sei una donna emancipata, che sa gestire le sue emozioni, i suoi ormoni e tutto ciò che ne consegue. La missione prima di tutto. La missione-prima-di-tutto.

«Allora? Mi lasci qui fuori a morire di curiosità, o mi accompagni dentro?»

«Oh, sì, scusa.» Il cervello non risponde più. Houston, no, Queens, abbiamo un problema, e parecchio grosso.

Okay, ora cerco di ripigliarmi e di farci uscire tutti quanti indenni da questo appuntamento.

E dire che il suo messaggio era così disinteressato.

Gli faccio strada su per gli scalini, apro la porta e lo invito a entrare. «Maa, papa, questo è Dan» lo presento ai miei. Il cuore mi batte più forte del normale, e dire che i diversi check up ed esami effettuati per arrivare a questo punto della selezione per la chapea hanno rilevato uno stato di salute praticamente perfetto.

«Signora Neelam, è un piacere conoscerla di persona.» Dan congiunge le mani davanti al cuore nel gesto di *namasté*. È una cosa che mi fa sorridere, anche perché non tutti usiamo questo saluto, ma credo sarà un punto in più nel carnet di mia madre. Non che mi interessi, insomma, Dan è solo un amico, un po' speciale, ma sempre un amico è. Almeno magari inizieranno ad accettare la mia vita e non mi romperanno più l'anima con le foto di giovani indiani baldanzosi e pieni di soldi, ai quali vorrebbero vendere il mio corpo e la mia anima.

«Un giornalista che arriva in moto e senza alcun computer o

foglio per scrivere?» Lo sguardo di mia madre è a dir poco arcigno. «Vieni a sederti» gli ordina «qui hai *chai* e *gulab jamun*.» Be', almeno cerca di mantenere un minimo di ospitalità.

«Grazie, signora Neelam.» Dan sembra non accorgersi del suo modo di fare scontroso. «Signor Neelam, mi scusi, è un piacere conoscere pure lei. Ci tenevo a salutare prima sua moglie.» A lui riserva una stretta di mano che sembra decisa.

«Benvenuto, giovanotto.» Mio padre è l'unico della famiglia che, nonostante sia anch'egli un fondamentalista induista – così chiamo i membri della mia famiglia – si è messo in testa di integrarsi a più non posso, soprattutto con la lingua. Quindi è un continuo di "giovanotto", "fratello", e chi più ne ha più ne metta. «Hai fatto bene a riservare i primi saluti a mia moglie, chi la sente dopo, sennò.» Gli fa l'occhiolino.

Okay, sento le sopracciglia che corrugano la fronte. Mio padre non l'ha trattato come tratta tutti gli uomini che sono entrati qui per la prima volta, come ad esempio gli amici di mio fratello Arjun.

Dan corre a sedersi sul divano di fronte al tavolino. Davanti a lui, mia madre lo studia mentre lui si toglie la giacca di pelle nera. Il pullover che ha addosso ha le maniche un po' rimboccate, lasciando intravedere i tatuaggi che arrivano quasi ai polsi. Io li conosco molto bene, ma mia madre prima sgrana gli occhi e poi volge il suo sguardo severo sulla sottoscritta.

Le sorrido candidamente, quasi a volerle dimostrare quanto mi piacciano, e non poco. Con loro ho fatto l'amore più volte e, in un paio di occasioni, be', quei disegni sul suo corpo mi hanno eccitata in modo così intenso da farmi venire all'istante. E a più riprese.

«Priya? Priya?» Sento mio padre che mi chiama: tre paia di occhi mi stanno guardando.

«Sì?» Mi son persa nel mio mondo. O meglio, nel mondo del sesso con Dan. Vediamo di non deconcentrarci, Priya. Non sei Tessa, non fare Tessa, concentrati.

«Vai ad avvisare tua nonna che il giornalista è qui per l'intervista» continua lui.

Ah, sì, la nonna. Alla fine è lei l'esperta della famiglia.

Lo sguardo di Dan mi raggiunge e mi trafigge. Un angolo della bocca gli si piega verso l'alto, in uno di quei sorrisini che di norma mi fanno fare di tutto, in particolare quando siamo io e lui. A letto.

Avrà capito che stavo pensando a lui? A noi?

Cercando di non percepire il calore delle guance che stanno per esplodere, salgo di sopra e raggiungo la camera di mia nonna, la madre di mia madre. «Nani, è arrivato Dan.» Entro nella sua stanza aprendo cautamente la porta.

Quasi ottant'anni e ancora si mette seduta a terra per meditare e pregare davanti al suo altare, sul quale troneggiano alcune statuine delle divinità induiste alle quali è più legata e che secondo lei le hanno salvato la vita in una moltitudine di situazioni. Per me, sono solo pezzi di metallo che cercano di venderti ovunque e che rappresentano una religione ottusa e piena di contraddizioni.

«*Naaaaniiii, è arrivato Dan, è arrivato Dan, è arrivato Dan!*»

«Whiffy, quando la smetterai di ripetere tutto?» mi rivolgo al pennuto che nani ha deciso di avere come animale da compagnia.

«Priya, è un pappagallo, cosa ti aspetti da un pappagallo?» mi chiede lei, mentre con tutta la calma del mondo si alza da terra, prostrandosi prima davanti all'altare.

«Meno male che qui tu accendi sempre incensi, se no questo scoreggione ti farebbe morire asfissiata.»

«Sei troppo severa con lui, nipotina mia. Per quanto tu sia intelligente – e lo sai quanto io apprezzi la tua intelligenza e il lavoro che fai –, non capisci ancora quanto Whiffy sia capace nel suo lavoro» mi dice lei e va ad accarezzarselo tutto. «Vero bel pulcino mio?» Mia nonna è l'unica che ha sempre cercato di capire le mie inclinazioni e l'unica che mi ha sostenuta. Se non fosse per lei, forse al momento non sarei dove sono, o comunque avrei dovuto dare un taglio netto al rapporto con la mia famiglia, soprattutto con mia madre.

«Nani, con tutto il rispetto, per *lavoro* intendi scegliere le carte?» Mi siedo sulla sedia davanti al tavolo della toeletta. Mia nonna – nonostante le sue credenze – adora farsi la beauty routine e truccarsi ogni giorno, anche se poi esce poco sia dalla sua stanza sia da casa. Le piace guardare i video di Tessa, quando si fa tutta la routine per sponsorizzare un prodotto. Per me è solo tempo perso. In faccia puoi mettere tutto ciò che vuoi, ma a un certo punto la natura – e la gravità – faranno il loro corso. Io preferisco rimanere giovane nelle funzioni vitali. Il mio modo per ringiovanire è andare su Marte.

«Se parli in questo modo, sembra quasi che giochi a poker. Il mio Whiffy predice il futuro, e tu lo sai! Con lui avevo visto che ti prendevano alla Columbia» ribatte lei orgogliosa.

«Sono entrata alla Columbia perché ho studiato come una matta e ho un qi superiore alla media!»

«Certo, tesoro mio, ma Whiffy questo l'aveva predetto.»

È inutile: non riuscirò mai a comprendere come si possa ancora credere a questo genere di cose nel terzo millennio, quando sono state confutate infinite volte. Spesso, la lettura delle carte non è altro che una sorta di psicoterapia, un mezzo per convincere le persone che tutto andrà bene o male. E inevitabilmente, finendo per crederci, quelle stesse persone contribuiscono a farlo avverare.

«Okay, nonna, vieni giù tu o preferisci che Dan ti raggiunga qui nella tua stanza?»

«Non mi chiamare nonna, preferisco che mi chiami con il dolce nomignolo che si dà alle nonne nella nostra cultura.» Si avvicina a me e mi prende la mano.

«Certo, nani, scusami. Lo sai che ti voglio bene.» Queste ultime parole non le ho pronunciate molto spesso, ma con mia nonna riesco ad aprirmi di più che con qualsiasi altro essere umano. Forse una delle altre persone è Tessa, sebbene con lei devo stare attenta a pronunciarmi in questo modo, perché poi tende a diventare troppo affettuosa e mi sento a disagio.

«Lo so tesoro.» Mi abbraccia. «Dì al tuo ragazzo di venire su da me.»

«Nonna! Non è il mio ragazzo!» sbotto, liberandomi di scatto dal suo abbraccio.

«Nani» mi dice lei con un sorriso malizioso e nello sguardo il guizzo di chi la sa più lunga delle carte che Whiffy sceglie a caso.

«Okay, sì, nani.» Sbuffo. «Ma Dan non è il mio ragazzo. È un amico. Un amico e basta. Sai che per me...»

«Sì, sì, lo so: per te la missione prima di tutto.»

Le sorrido, non riesco a prendermela con lei, nonostante il continuo etichettare Dan in un certo modo da parte delle persone attorno a me inizi a stancarmi. Forse dovrei cominciare a rapportarmi in modo diverso con lui, almeno davanti agli altri. Anche perché non ho alcuna intenzione di lasciargli credere che io possa nutrire qualche altro tipo di interesse nei suoi confronti.

CAPITOLO 8

Dan

La nonna di Priya, Meera, che lei chiama adorabilmente nani, ha insistito per farmi salire nella sua stanza, e le sono grato per questo. La madre, infatti, ha scansionato e analizzato ogni millimetro di pelle sulla quale si scorgevano i miei tatuaggi.

Inizio a capire perché Priya è in questo modo. Ha dovuto comunque inventarsi qualcosa per allontanarsi dalla sua famiglia: cosa c'è di meglio che voler diventare astronauta e scappare il più lontano possibile?

Saliamo le scale, io dietro di lei. Priya è l'unica ragazza che, con un paio di jeans e una felpa strausata della Columbia, mi fa venire voglia di prenderla di peso, portarla in camera e farle tutto quello che in questa casa, molto probabilmente, non è mai stato fatto.

Ha un sedere così ben proporzionato, movimenti sinuosi e un'andatura capace di far impazzire i miei ormoni.

«Mhmm.» Sento qualcuno che si schiarisce la voce alle mie spalle. Mi fermo, mi giro e vedo la mamma di Priya, Naina, con la fronte corrugata e gli occhi puntati su di me, che mi trafiggono il cervello, quasi avesse letto tutto ciò che ho appena pensato. Con il cuore in gola, sorrido come se nulla fosse, metto le mani davanti al cuore nel gesto di *namastè* e raggiungo a doppi scalini Priya, che è ormai fuori dalla mia visuale.

«Ti prego, non lasciarmi più da sola con tua madre» le dico sogghignando.

«È terrificante, eh?» chiede a bassa voce. Sembriamo due quindicenni in procinto di combinarne una.

«L'Afghanistan a tratti fa meno paura di lei» dico di nuovo, e scorgo una luce nei suoi occhi, un bagliore, quasi una cometa che le si è accesa nello sguardo.

Smorza il sorriso, bussa alla porta e la apre. «Nani, eccomi con Dan.»

Entriamo in una stanza molto luminosa, che profuma di incenso. Un paio di drappi colorati ricoprono i muri, un letto a una piazza, una toeletta, un armadio e, in un angolo, un altare con diverse statue di divinità induiste.

«*Eccomi con Dan. Non è il mio ragazzo. Non è il mio ragazzo!*»

Sgrano gli occhi e mi volto dalla parte dalla quale proviene questa voce particolare.

«Ma è un pappagallo!» Mi metto a ridere. «Chi non è il tuo ragazzo, Priya?» La stuzzico un po'. Non è la prima volta che ci scambiano per una coppia. Quando lo dicono a me, lo trovo irritante, ma se lo dicono a Priya mentre sono lì, mi piace scherzarci sopra e punzecchiarla. Voglio vedere la sua reazione.

«Chi ti dice che si riferiva a me? Anche mia nonna ha ancora un bell'appeal!» La sua pelle ambrata arrossisce in prossimità delle guance. «Figurati se parla di te, pff!»

«Tesoro, il mio appeal se n'è andato da un po'.» La nonna si avvicina e mi prende la mano. «Piacere, Dan, benvenuto nella nostra casa. Mi chiamo Meera e sono la nonna di Priya.» Ho capito da chi la marziana ha preso lo sguardo magnetico.

«Piacere, signora Meera» le dico prendendole la mano nella mia. Questa donna mi trasmette pace.

«Chiamami nani, alla fine sono anche un po' tua nonna, no?»

Un'ondata di calore mi si muove nel petto, non mi sentivo così da tanto, troppo tempo. Forse mi sento "a casa" solo quando a casa mia, nel mio letto, c'è Priya, ma questo senso di famiglia con lei molto probabilmente ce l'ho perché è una vita che ci conosciamo e il nostro rapporto è senza costrizioni e complicazioni di alcun genere.

Guardo la *marziana* che nel frattempo si è seduta sul bordo del letto. «Nani, non metterlo a disagio...»

«Non mi ha messo a disagio, nani» rispondo alla nonna ancora sorridendo e lanciando uno sguardo provocatorio a Priya.

«Questo ragazzo mi piace.» Nani si volta verso la nipote e vedo che lei ancora una volta arrossisce.

«Bene, puoi uscire con lui, se vi piacete tanto.» Priya si stringe nelle spalle.

Ma che diavolo le succede?

«Fossi più giovane, tranquilla che sarebbe già sul mio radar!» La nonna scoppia a ridere in modo sguaiato.

«E io accetterei molto volentieri!» rispondo di botto. Perché l'ho fatto? La parte di me che non sopporta quella petulante di Priya vorrebbe tanto prendere il sopravvento, ma cerco di controllarla perché sono qui soprattutto per lavorare.

«Bene, allora tanto vale che io tolga il disturbo.» Si alza e raggiunge la porta. «Quando hai finito, Dan, vieni da me che ti faccio uscire» e se ne va senza tanti complimenti.

«Bel caratterino mia nipote, eh?» chiede Meera, sedendosi sul letto e facendomi segno di accomodarmi sulla sedia della toeletta.

Mi siedo e dalla tasca dei jeans tiro fuori il cellulare, che in situazioni come queste mi fa da dittafono e registratore.

«Ti stavo proprio per chiedere perché non hai qui carta e penna come tutti» mi dice lei.

«La tecnologia avanza, e poi non è molto comodo spostarsi in moto con oggetti che possono intralciare.» Le sorrido.

«Allora, Dan... sono tutta tua!»

«Sì.» Ridacchio, apro l'applicazione per registrare e sposto di nuovo lo sguardo su Meera.

«*Sono tutta tua. Sono tutta tua.*» Il pappagallo si inserisce nella comunicazione e sorridiamo entrambi.

«Questo pappagallo avrà pure la sua età, ma sa ciò che fa e quello che dice» racconta nani.

Corrugo la fronte e la guardo.

«Whiffy, così l'ha voluto chiamare Priya, è un pappagallo che nella tradizione indiana si usa per leggere le carte. Si chiama lettura delle carte con il pappagallo.»

Quante stronzate, penso subito. Da quando in qua un pappagallo può aiutare a leggere le carte? Le carte in sé sono già una stronzata unica.

«Sai, Dan, non tutto ciò che è invisibile non esiste. E penso che tu lo sappia bene.» Lascia indugiare il suo sguardo nel mio e questa ultima frase mi pesa quasi fosse un monito.

Un'immagine esplode nella mia mente dopo tanto tempo, provocandomi un brivido lungo la spina dorsale, che sposta ogni vertebra. *Lei*. Ancora *lei*.

«Tutto bene?» mi dice Meera sporgendosi in avanti e mettendo una mano sulla mia.

«Sì...» Deglutisco e riprendo fiato, quasi l'avessi trattenuto per troppo tempo. Faccio finta di guardare l'orologio. «Meglio che ci sbrighiamo a fare l'intervista, se no non riuscirò a pubblicarla in tempo per l'eclissi» mento e forse lei lo capisce, perché sorride lievemente e annuisce, facendo un gesto con la mano per farmi andare avanti.

«Meera, non so se Priya le ha spiegato di cosa vorrei parlare nel mio articolo sull'eclissi, collegandolo alle credenze induiste...» inizio, cercando di ignorare il groppo che da qualche secondo a questa parte mi si è piantato nel petto.

«Più o meno, mi ha solo detto che vorresti farmi delle domande su, cito, *quelle grandi stronzate che mi avete inculca-*

to fin da piccola ogni qualvolta si parlava di eclissi e che mi hanno poi portata a ricercare la verità.» Sorride. «La conosci ormai...»

«Eccome, tipico di lei.» Il pensiero di Priya riesce ad alleggerire in parte quel peso nel petto. Non voglio però che lei diventi il mio anestetico. Non voglio che lo sia, non l'ho mai voluto e non lo sarà mai. «Ho letto un interessante articolo nel quale si elencavano dieci cose da non fare durante un'eclissi, tra le quali vi è anche il non uscire di casa... Come induista praticante e tradizionalista, è una cosa che lei ha sempre fatto? E, se non l'ha fatta, ha notato qualche accadimento particolare nella sua vita?»

«Ho sempre provato a vivere secondo i dettami della mia fede, ma non è facile, soprattutto quando inizi a metter su famiglia. L'importante è avere qualcuno accanto che ti sostenga in queste piccole chiamiamole "pazzie" che la religione ti richiede di fare ogni tanto.»

«Quindi anche lei pensa siano "pazzie"?»

«Le chiamo così perché qui in America vengono viste in questo modo, nel mio Paese è del tutto normale, perché si vive in comunità e ci si aiuta l'un l'altro. Questo un po' mi manca della mia India. Siamo fortunati però, qui a New York: abbiamo un bel gruppo nel quale ci si sostiene nei momenti di fede.»

«Quindi domani, durante l'eclissi, lei starà in casa e non uscirà per ben ventiquattro ore?»

«Be', se chiedi a Priya, per me questo non è un problema...

Sono sempre in casa, mi basta poco per vivere e non mi manca nulla da parte della mia famiglia. Poi ho Whiffy.» Si alza dal letto, invita il pappagallo sul braccio e inizia ad accarezzarlo, mentre prende di nuovo posto sul bordo del letto. «Ogni tanto vado al tempio, soprattutto per le festività, quelle comandate, quelle importanti, se no il mio mondo è qui dentro.» Fa cenno al suo cuore.

«Cosa direbbe a una persona, ad esempio come sua nipote, che non crede a queste tradizioni? La ammonirebbe oppure pensa che ognuno debba fare la propria esperienza?»

«Il tempo dei moniti a Priya è passato da qualche anno ormai.» Sghignazza. «Lei deve fare la sua esperienza. Ognuno, infatti, ha il proprio karma. Ciò che ci accade è il riflesso delle nostre azioni, presenti e passate. Alcune lezioni sono piccole da imparare, per altre ci si impiega una vita intera. A volte non riusciamo neanche a vedere i grandi doni che abbiamo proprio davanti agli occhi da tempo immemorabile!» esclama, e indugia qualche secondo in più nei miei occhi.

Le sue parole mi colpiscono. È un modo di vivere la vita così diverso dal mio e da quello della maggior parte delle persone su questo pianeta.

«Mi tolga una curiosità: secondo i libri di storia i vostri templi sono costruiti in modo che l'energia astrale positiva venga canalizzata e tutte le attività all'interno del tempio vengano benedette...» Mi blocco un attimo, l'immagine di *lei* è ricomparsa per un millesimo di secondo, come un'interferenza che ha disturbato la chiarezza dei miei pensieri. «Perché non organizzare un ritrovo direttamente al tempio?»

«Perché l'energia durante l'eclissi solare è oscurata e non è mai stata percepita come positiva. Nell'antichità, durante le eclissi accadevano eventi che hanno spinto i saggi a ritenere preferibile ridurre al minimo tutte le attività quotidiane, comprese le pratiche spirituali come lo yoga e la meditazione» spiega lei, mentre accarezza ancora Whiffy, che nel frattempo penso abbia mollato una sorta di scoreggia frastornante. E forse è meglio così, perché *lei* – per il momento – se n'è andata.

«A lei è già capitato di essere fuori, per un motivo o per un altro, durante l'eclissi? Se sì, è successo qualcosa di particolare?» chiedo di nuovo, siccome la prima volta non ha risposto alla domanda in modo preciso.

«Beh, sarò vecchia, ma non così tanto!» Ride. «Questa sarà la seconda eclissi solare totale che vivo. Mi sono sempre organizzata rimanendo a casa. So però di persone che hanno preso sottogamba questa cosa e si sono ritrovate con grandi nodi karmici da gestire in poco tempo...»

Il concetto di karma lo conosco poco, ma l'energia negativa invece l'ho sperimentata più volte o meglio, gli stati negativi che ti attanagliano, ti tolgono il respiro e ti fanno venire solo voglia di mollare tutto, chiudere gli occhi e andartene per sempre.

Lei, lei è ancora lì. È sempre stata lì, e io pensavo se ne fosse andata.

Invece era nelle retrovie, a tirare i fili di un burattino, il mio cuore, che ha cercato di sopravvivere al suo ricordo.

«Dan? Tutto bene?»

Meera mi risveglia da quei pensieri che stanno offuscando il lavoro che sono venuto a compiere. Forse occuparmi del mio bambino, il mio giornale, il mio progetto di vita, mi ha fatto credere di essere guarito, di aver lasciato andare il ricordo di *lei*.

E invece no, *lei* era ancora lì, a gestire ogni sacrosanto momento della mia vita.

«Io... sì, scusi... io stavo solo riflettendo su tutto ciò che mi ha detto...» farfuglio, spegnendo il cellulare. «Bene, penso che ci siamo... penso di avere tutto.» Mi alzo dalla sedia e allungo la mano verso la sua.

«Già finito?» dice lei sgranando gli occhi e alzandosi dal letto. «Ho risposto a tutte le domande che avevi da farmi?»

«Sì... penso proprio di sì.» Guardo la porta, facendo un passo verso di essa. Devo uscire di qui. Devo inforcare la sella e correre. Non è per questo posto, non è per ciò che Meera mi ha raccontato, ma la moto mi aiuta a lasciar fluire i pensieri.

Anche Meera si dirige verso la porta, la apre e mi porge la mano. «È stato un piacere, Dan» dice con voce soave e agganciando il suo sguardo nel mio. Non riesco a far altro che guardarla. «Ricordati una cosa: le risposte al nostro dolore, spesso, sono proprio davanti a noi, e lo sono sempre state.» Mi stringe la mano tra le sue e mi lascia andare, richiudendo la porta.

Devo scendere. C'è un modo per uscire di qui senza vedere

nessuno? Vorrei prendere Priya e portarla via, ma sarebbe solo per dimenticare *lei*.

«Dan! Già finito con mia nonna?» Priya spunta da una camera. Lascia la porta aperta e intravedo poster di astronomia, stelle e pianeti. Ha i capelli arruffati, al posto dei jeans un paio di pantaloncini che mettono in mostra le sue gambe atletiche e un paio di scarpe da ginnastica ai piedi. «Stavo uscendo a farmi una corsetta... sai, mi devo tenere in allenamento nel caso che...»

«Sì, nel caso che ti prendano per la missione...» mi affretto a finire la sua frase, da scocciato. «Mi accompagni fuori?»

«Sì, certo» dice lei abbassando gli occhi. Rientra un attimo in camera, la scorgo nel suo specchio che si fa la coda, si guarda e prende auricolari e cellulare.

Mi avvicino alla porta. «Questa è la tua camera, eh?» Mi appoggio allo stipite.

«Da cosa l'hai capito?» Mi guarda di sbieco, prendendomi in giro, mentre finisce di mettersi a posto per uscire. «È l'unica camera bonificata da statuine e santini in tutta la casa.»

«È l'unica stanza, molto probabilmente, ad avere un poster che cita "i buchi neri sono i miei migliori amici"» la rimbecco. Questo ambiente mi sta facendo sciogliere un po'.

«È vero... chi meglio di un buco nero se ne sta zitto e ingurgita tutto ciò che gli dai, facendolo sparire nel nulla senza dire niente a nessuno? Puoi raccontargli qualunque cosa, senza nemmeno venir giudicato.»

«E questi muri...» Mi avvicino a lei, ho la tentazione di metterle le mani sui fianchi e portare il suo bacino verso il mio, ma mi fermo. «Chissà questi muri, se potessero parlare...» Ho voglia di stuzzicarla, ho voglia di dimenticarmi di *lei*, ho voglia di Priya. Anche se non deve diventare il mio anestetico, un rimpiazzo, una scarica di ormoni che mi portano in alto, prima di ritrovarmi di nuovo sul dirupo come qualche anno fa.

«Questi muri, se potessero parlare, direbbero che ora Priya deve andare a correre e tu meglio se esci e porti via la tua moto dal vialetto di casa nostra.»

Mi giro di scatto e vedo lo sguardo arcigno di sua madre che mi ha appena fulminato.

«Signora, è stato un piacere.» Mi affretto a uscire dalla stanza.

«Mamma, ma dovevi proprio?» Priya mi segue giù per le scale. «Quando capirai che ormai sono un'adulta?»

Usciamo di casa e ci mettiamo a ridere.

«Tua madre potrebbe fare il comandante in una di quelle serie televisive ambientate nello spazio, ce la vedo lassù a dare ordini anche ai marziani!»

«Capito perché me ne voglio andare dal pianeta?» Sorride. Un leggero venticello le muove la coda di cavallo. «Dai, lasciami andare ad allenarmi. Devo scaricare la tensione prima della chiamata di domani mattina.»

«Quale chiamata?» Prendo il casco in mano e apro la visiera.

«Quella con la recruiter per la chapea. Non so cosa mi possa aspettare...»

Lo spazio. Per Priya è sempre più vicino.

«Ah» le dico e infilo il casco. «E se stasera, per ringraziarti, e per farti pensare ad altro, andassimo a mangiarci qualcosa insieme?» Mi sento strano a farle questa proposta. Abbiamo cenato e pranzato insieme una miriade di volte negli anni, ma in questo momento – non so perché – questa proposta mi suona più come un appuntamento.

«Non saprei. Quando non so cosa mi chiederanno, preferisco prepararmi mentalmente nel migliore dei modi.»

«Pri, è una cena...»

«Tu lo sai poi come andrà a finire. Non è mai solo una cena.» Abbassa il volume della voce, quasi sua madre fosse lì con noi e potesse sentirla.

«Questa volta lo sarà. E poi non voglio mica farti avere problemi se stai fuori casa con l'eclissi solare!» scherzo.

«Okay, facciamo così: vado ad allenarmi, faccio la doccia e medito qualche minuto...»

«Priya Neelam che medita?»

«Sì, non lo sapevi che la meditazione, è provato scientificamente, aiuta la rigenerazione delle cellule cerebrali, la riattivazione dei processi fisiologici di base, e...»

«Pri, scrivimi più tardi orario e luogo, e io ci sarò» la interrompo.

«Niente sesso, però. Promesso?» sussurra. E il suo tono mi fa venire in mente di tutto. Altro che niente sesso. Stasera dovrò applicare tutte le tattiche che conosco per non finire a letto con lei.

«Promesso.» Incrocio indice e medio. «D'altronde siamo anche amici, non solo di letto.» Le faccio l'occhiolino.

Sto credendo a ciò che ho appena detto? Perché il mio corpo si sta già ribellando a questa promessa.

CAPITOLO 9

Priya

Non avevo voglia di tornare a Manhattan, ci trascorro già parecchio tempo, sia alla Columbia University sia negli uffici del podcast, così ho proposto a Dan di venire a prendermi qualche isolato più in là rispetto a casa dei miei genitori.

Dan

> *Perfetto. Prendo due caschi, così ti porto in un posticino incantevole.* 😌

Quando leggo il messaggio qualcosa in me si agita e una domanda prorompe nella mente: non è un appuntamento, vero?

Dovrei chiederlo a lui, ma meglio non destare sospetti. Vedrò come si comporterà stasera. Io devo pensare alla missione, al mio futuro come astronauta e, di conseguenza, al destino di tutti noi.

Certo, non porto il peso della responsabilità del mondo sulle mie spalle, ma se voglio diventare astronauta è per dare un contributo alla storia dell'umanità intera.

Sento uno squillo e una vibrazione, guardo il cellulare.

Tessa

> *Che combini sorellina? Domani ho una puntatona con ospiti speciali al podcast, ci sarai, vero?*

Sbuffo, il cuore inizia a pompare sangue al cervello e le dita non perdono tempo a rispondere al messaggio.

Priya

> *Non posso. Domani ho la chiamata.*

Tessa

> *Oh, ma cosa vuoi che sia... andrai bene come sempre. Già c'è questa eclissi e ho paura di uscire di casa. Ho appena letto l'articolo che Dan ha postato sul suo blog. Bell'intervista che ha fatto a nani. Quindi ha finalmente visto casa tua, eh?*

Priya

> *Sono tutte stronzate. Questo è il mio secondo mantra dopo: prima di tutto la missione. Devo pensare alla chapea e la chiamata di domani è uno degli eventi più importanti di tutto il processo di selezione. Non posso permettermi di sbagliare proprio adesso!*

Tessa

Tu non sbagli mai. Tu fai tutto questo a occhi chiusi. Dai, ci vediamo domani in sede?

Priya

No, Tess. Non riesco. Domani devo vedere come va questo colloquio... mi faccio sentire io, okay?
Un bacio

Disattivo la chat, mentre vedo che lei sta ancora scrivendo. Non posso farmi risucchiare così tanto da qualcosa che non è mio. Ho aiutato Tessa sin dall'inizio nel suo progetto social, poi per il podcast e il canale YouTube di *Influencer per Amore*, diventando una delle artefici, consigliera, social media manager e chi più ne ha più ne metta, ma adesso ho il mio mondo che piano piano mi si sta parando davanti. La mia opportunità. La mia missione di vita che, forse, diventerà realtà.

Blocco lo schermo e metto il cellulare in fondo allo zainetto.

Il sole scivola lentamente dietro l'orizzonte, lasciando spazio alla luce fioca della sera che avvolge le strade del Queens. Dai negozi di cibo etnico si diffondono profumi invitanti, un richiamo per chi riempirà le strade nelle prossime ore: pendolari stanchi che rientrano da Manhattan senza voglia di cucinare, madri indaffarate, troppo spossate per preparare la cena, e giovani che, dopo un aperitivo post lavoro, si fermano a prendere qualcosa al volo. Cibo che consumeranno sul divano o sul letto, con una serie su Netflix da guardare ininterrottamente, episodio dopo episodio.

L'aria di aprile è dolce, richiama già i mesi più caldi dell'anno, ma la sera il giubbotto è ancora d'obbligo. Una folata di vento smuove alcune cartacce per strada.

Sento un rombo provenire da lontano e, dietro una curva, compare la Kawasaki di Dan. Certo che, a vederlo così, userei il tempo della cena per fare altro. Forse ciò che mi piace di lui è anche il suo lato da motociclista. Non come tutti quei bellimbusti con auto da duecentomila dollari in giro per Manhattan: giacca e cravatta, Rolex al polso e un'auto intoccabile per paura di rovinarla.

La moto si avvicina, Dan la spegne, mette il cavalletto e alza la visiera. I suoi occhi verdi che si allungano verso l'esterno, con pagliuzze dorate intorno all'iride, sorridono.

«Neelam, allora? Prendi il casco e salta su che sto morendo di fame!» Mi dà il casco, me lo infilo, chiudo la cerniera del giubbotto in pelle al quale sono molto affezionata perché ha alcune patch della nasa e di alcune missioni che mi stanno particolarmente a cuore, e salto in sella.

Metto le mani attorno alla sua vita.

«Se non ti tieni più forte, rischi di cadere...» Gira la testa di lato per parlarmi. Prende le mie ginocchia dal sotto coscia, mi sposta per i fianchi di qualche centimetro in avanti. Poi prende le mie mani e le riposiziona un po' più verso il suo ombelico.

«Ecco, ora va meglio... Non è mica la prima volta che vieni in moto con me, no?» mi chiede.

Non riesco a spiccicare parola. Ma cosa mi sta succedendo? Sento il suo tronco sul mio petto e il mio bacino sfiora il suo fondoschiena. Nel basso ventre inizia a risvegliarsi un fuoco.

Accende la moto, abbassa la visiera e partiamo con un rombo così potente da farmi tremare dal cuore fino alle parti che racchiudono i miei più bassi istinti.

Ha ragione, non è la prima volta che vado in moto con lui, ma perché sembra così diverso dalle altre volte?

Non so dove mi stia portando, ma in questo momento voglio solo godermi la luce dorata della sera e il profumo che emana il suo essere. È il profumo di Dan, lo stesso che mi ritrovo addosso ogni volta che ci salutiamo dopo aver passato la notte insieme. Un profumo che presto, forse, dovrò lasciare andare.

Dopo qualche minuto di strada, scorgo la Jamaica Bay, dove non venivo da parecchio tempo. Percorriamo la strada che la taglia a metà. Qui la luce del crepuscolo è ancora più chiara, perché è come se rimbalzasse sull'acqua calma.

Alzo lo sguardo al cielo e un brivido mi percorre la schiena: saranno le stelle che intravedo, il pensiero di – un giorno – poter essere lassù, o che Dan mi ha sfiorato la coscia con una mano? E perché l'ha fatto?

Alla fine della strada, Dan svolta in una stradina che costeggia un lembo di terra stretto e sinuoso, simile alla coda di una lucertola che si allunga verso l'orizzonte.

Il sole è alle nostre spalle, l'aria pare più fresca qui e sulla sinistra posso scorgere l'infinito dell'oceano.

Dan rallenta la sua corsa, e io senza pensarci rilascio la mia presa su di lui. Svolta di nuovo in un'altra stradina e posteggia in uno spiazzo davanti a un ristorante dal quale fuoriesce il profumo di pesce tipico dell'oceano.

«Spero che ti vada pesce stasera» mi dice dopo aver spento il motore.

«Mi permetterò di mangiare fish and chips... non propriamente salutare, ma oggi mi sono allenata parecchio e me lo merito.»

Ci togliamo i caschi, lui scende e mi aiuta a fare altrettanto.

È diverso, Dan, in questo periodo. O forse sono io a sentirmi così?

Scrollo la testa e cerco di non pensarci.

Faccio per alzarmi e scendere dalla moto, ma appoggio male il piede e inciampo, andando a finire contro Dan, che mi afferra.

Le mani mi sudano, il cuore batte sempre più forte, ho il fiatone. «Dovrai fare più attenzione a come ti muovi, Neelam, se no come ci arrivi su Marte?» Fa l'occhiolino e mi aiuta a rialzarmi.

Sorrido anche io e allo stesso tempo mi sento le guance avvampare. È l'effetto dell'allenamento e della doccia fatta poco fa. Sudo ancora e ho il viso che sta per esplodere.

Andiamo verso l'entrata del ristorante, che dall'esterno sembra più che altro una catapecchia.

Entriamo e la luce dorata del crepuscolo, filtrando attraverso le grandi finestre, illumina un ambiente semplice ma curato, animato dalla presenza di diverse persone.

Al bancone siedono un paio di uomini sulla cinquantina dall'aspetto di marinai, intenti a scolarsi diverse birre. Dietro di loro, un uomo della stessa età lavora senza sosta, mentre i camerieri si muovono instancabili, trasportando piatti fumanti che arrivano dalla cucina. L'odore di frittura di pesce è molto buono, non sembra quello pesante che si ritrova in luoghi nei quali usano l'olio diverse volte per friggere.

«Vedrai, ti piacerà parecchio.» Dan mi accompagna a un tavolo proprio sotto uno dei grandi finestroni, oltre cui si trova la baia. Le onde della sera raggiungono quasi il muro esterno, dolci come le ultime carezze di un sole stanco che sta per andare a dormire, lasciando il posto alla luna.

Ci togliamo i giubbotti, li mettiamo sulle sedie e in quel momento noto come Dan si sia gonfiato. Nel senso giusto: bicipiti più formati, pettorali che si affacciano da sotto la maglietta semi-attillata e avambracci che mostrano le vene. È da un po' che non lo vedo senza vestiti, quindi noto solo ora tutto questo con piacere.

Il cuore fa un tonfo: pensa alla missione, pensa alla missione. Non posso farmi sconvolgere gli ormoni proprio ora. Sì, perché lo sappiamo entrambi che sono solo ormoni.

Ci sediamo e faccio fatica a incontrare il suo sguardo.

«Tua nonna è proprio un bel tipo!» inizia lui, mentre il cameriere arriva e ci porge il menu.

«Da chi pensi io abbia preso parte del mio carattere?» gli chiedo.

«Be', anche tua madre, da ciò che ho visto, è parecchio... diciamo determinata.» Mette quest'ultima parola tra virgolette immaginarie che mima nell'aria.

«L'unica cosa che non ho preso dalla mia famiglia è la cocciutaggine nel considerare ogni scemenza imposta dalla religione una regola, un dogma, qualcosa da seguire ciecamente senza poterci pensare su o senza analizzarlo dal lato scientifico.» Guardo fuori, osservo le onde e l'ultimo barlume di arancione all'orizzonte.

«A me piace credere a determinate cose» dice lui. «Certo, non crederò mai che come ci si comporta durante un'eclissi possa determinare la nostra felicità o infelicità, ma credo comunque nel mondo del sottile. Qualcosa c'è, qualcosa di invisibile e che possiamo percepire solo con il cuore.» Dan mi guarda e non posso fare altro che sentire una corrente risalire su per la schiena. Ci sarà qualche spiffero da qualche parte, d'altronde questi posti sono fatti per l'estate e noi non siamo neanche in primavera.

«Mhmhh...» Cerco di non dare molto peso a questo genere di discorsi. Mi piace attenermi a precisi calcoli matematici o al funzionamento del corpo umano e l'amore è una questione di ormoni e volontà. Poi, quando uno dei due viene a mancare, finisce.

«Sei ancora determinata a prendere fish and chips con tutto il ben di Dio che trovi in questo menu?»

«In effetti» rispondo, mentre guardo la carta «mi sembra

riduttivo dover restare sulla mia decisione iniziale. Prenderò i gamberoni alla griglia accompagnati da una montagna di patatine. Sto cercando di mettere su massa prima di andare in missione» gli dico, mentre anche lui la legge.

La chiude e la appoggia sul tavolo. Arriva il cameriere, che prende la nostra ordinazione.

«Vuoi del vino?» chiede Dan. «Io non ne prenderò tanto perché devo guidare.»

«Vino bianco della casa» faccio al cameriere, che annuisce e annota. «Grazie.»

Dan guarda fuori, dove le onde continuano a lambire il muro. La luce del giorno è ormai quasi svanita. I suoi occhi, però, raccontano un'altra storia: brillano di un riflesso simile a quello dell'acqua che si frange a pochi metri da noi, là fuori.

«Allora ce l'hai quasi fatta, Priya Neelam» mi dice volgendo lo sguardo verso di me. Quel luccichio ora si fa ancora più intenso. È come se per un brevissimo momento potessi scorgere nei suoi occhi ciò che negli anni ho visto attraverso il telescopio: stelle, pianeti, galassie.

«Ci vorrà ancora un bel po' prima di andare su Marte...» dico mentre prendo in mano il bicchiere di vino che è appena arrivato e me lo porto alle labbra.

«Il primo passo l'hai quasi compiuto. L'hai detto tu che la chiamata di domani è solo una formalità, giusto?»

«Così mi hanno detto, ma lo sai che la legge di Murphy è sempre in agguato, soprattutto in situazioni del genere?»

«Sì, eccome! Se qualcosa può andare storto, lo farà.» E guarda ancora fuori, in viso gli passa un'ombra scura e gli occhi sembrano inumiditi. O forse è soltanto l'effetto delle luci del ristorante che ora si riflettono sulle grandi finestre.

«Proprio così.» Cerco di non far troppo caso al suo cambio repentino di umore. «Quindi stasera mi rilasso, mangio bene e berrò ancora meglio.» Alzo il bicchiere di vino e lo sorseggio ancora un po'. Come farò senz'alcol in missione?

«Non pensi mai che esista qualcosa oltre il materiale, considerando proprio quell'Universo che tanto ami e tanto studi?» mi chiede lui, ritornando sulla questione di prima.

«Credo solo che ci sia ancora tanto da imparare e scoprire sull'Universo, e io voglio essere parte determinante di una ricerca che va oltre il conosciuto, toccarlo con mano e donare la mia vita per farlo.» Lo guardo negli occhi. Perché mi pone queste domande, proprio ora? Non ci siamo mai fermati a parlare di tutto ciò. «Ti ha messo in crisi l'intervista fatta a mia nonna?» ridacchio.

«Non direi in crisi... Ma facendo le mie ricerche per l'articolo, devo dirti che la religione induista, e soprattutto la parte che riguarda l'astrologia vedica, può essere utile per capire un po' di più come vanno alcune cose nel mondo...» Si stringe nelle spalle.

«Astrologia vedica? Non farai mica come Tessa che quando è andata in India si è fatta mettere ansia da questo genere di cose?»

«Non mi sto facendo mettere ansia» dice lui, mentre beve

un po' della sua cola. «Ho solo letto di grandi maestri dello yoga che erano scienziati e studiavano i moti dei pianeti. Insomma, la storia dell'India è piena di matematici e astronomi che hanno portato grande innovazione.»

Lo guardo incredula. «Dan Alloway che si interessa a questa roba? Ma non eri un reporter di guerra, oltre che un bravissimo giornalista di cronaca, concentrato sui problemi della società?» lo stuzzico, giocando con l'ultima goccia di vino che è rimasta nel bicchiere.

«Con la guerra ho finito.» In viso gli passa un'altra ombra, le sue mani si stringono a pugno.

«Non andresti proprio più da quelle parti?»

Fa di no con la testa e continua a bere dal suo bicchiere.

«Ho sempre pensato che per te fosse motivo di vanto poter dare voce alle vere vittime della guerra.»

«Sì, ma purtroppo fare il reporter di guerra non è ciò che si pensa.» E guarda ancora fuori. «Ad ogni modo» si gira di nuovo e mi dona un sorriso quasi forzato «sei pronta per domani?»

«Stai parlando dell'eclissi oppure della chiamata?»

«Di entrambi!» Sghignazza.

«Dell'eclissi non mi preoccupo, del colloquio un po' di più» gli dico, mentre il cameriere ci consegna le pietanze che abbiamo ordinato.

«Ahhh, come farò mai senza la mia marziana!» Dan mi fa l'occhiolino, le mie budella invece si contorcono e ho un istante di smarrimento.

«Be', per essere chiari, la tua marziana, in realtà, non è mai stata tua» lo rimbecco e inizio a sgusciare i gamberoni. Gli faccio l'occhiolino, anche se non ho capito bene se la mia reazione iniziale fosse panico oppure rabbia. «Lo sai che io non sono e non sarò mai di nessuno!»

Dan alza le mani in segno di resa, il volto tirato e poi un sorriso largo, che non riesco a interpretare. «Capito, capito...» Rotea gli occhi e accoglie una forchettata di cibo nella sua bocca.

Per qualche momento mangiamo in silenzio e un po' di tensione aleggia tra di noi. Questo posso percepirlo. E penso che pure lui lo stia avvertendo, perché continua a guardare in ogni direzione, tranne che verso chi ha davanti.

Devo intercettare il cameriere, non riesco a gestire questi silenzi, mi uccidono. O meglio, sono capace di rimanere in silenzio, posso farlo per lunghi periodi, ma non mi va che qualcun altro lo faccia quando è con me, soprattutto Dan. «Un altro bicchiere di vino, per favore» gli dico alzando il calice per mostrargli che è vuoto. «Tu vuoi qualcosa?» chiedo a lui, senza guardarlo in faccia.

Con la coda dell'occhio vedo che fa di no con la testa e risponde con un: «Io ti devo riaccompagnare sana e salva a casa...» È un tono polemico, ma non voglio farci tanto caso. Lasciamo passare questa cena, questa serata e questa eclissi. Sì, forse l'eclissi solare un effetto negativo ce l'ha ed è quello di far andare tutti fuori di testa con dicerie e leggende metropolitane.

Io, invece, voglio risparmiare le energie per domani, per la chiamata. Non accetto distrazioni, non accetto polemiche e schivo qualsiasi energia negativa.

Anche quella di Dan che, non si sa per quale motivo, sembra se la sia presa.

CAPITOLO 10
Dan

Non riesco a comprendere perché Priya abbia dovuto rimarcare che lei non è e non sarà mai di nessuno. Come se a me importasse e dovesse interessare che lei si renda disponibile o meno. Siamo amici. Precisamente, amici con benefici. E basta.

Usciamo dal ristorante e non mi va di parlarle. La riaccompagnerò a casa, la scaricherò davanti alla porta di casa dei suoi genitori e poi mi prenderò una pausa da lei e dai suoi modi di fare che a volte mi urtano il sistema nervoso.

Non ho bisogno di farmelo urtare da qualcuno.

Inforco la moto, metto il casco senza dirle nulla e abbasso la visiera.

Priya è qualche metro davanti a me. Non barcolla, non è ubriaca, però ha superato la soglia di alcol che non ti permette di essere lucido al cento per cento. E io lo conosco molto bene il limite, perché ogni tanto lo supero ancora con le mie medicine. E forse stasera sarà una di quelle serate nelle quali arriverò a casa, mi impasticcherò e spererò di dormire per otto ore filate, senza pensieri, senza parole e immagini che mi prendano in ostaggio il cuore e la mente.

«Allora?» Le faccio cenno di sbrigarsi.

«Ah, ora mi parli, eh?» dice lei allargando le braccia. «Chissà cosa diavolo ti è preso!» borbotta poi guardando per terra.

«Sbrigati, che domani mi aspetta una giornata pesante» le dico accendendo la moto. Il suo rombo la mette sull'attenti, ma – invece di avvicinarsi – si ferma con le mani sui fianchi.

«Saresti tu quello che ha la giornata pesante? Io neanche ci volevo venire a cena, se lo vuoi sapere. L'ho fatto solo per pietà!»

Un coltello mi trafigge lo stomaco.

Spengo il motore, mi tolgo il casco che appendo al manubrio e scendo dalla moto.

«Sei venuta a cena con me per *pietà*?» Mi avvicino a lei. Il fiato si fa corto, le mani mi tremano.

«Be', Dan... non sono la donzella da salvare e da portare a cena. Ti ho solo procurato un'intervista con mia nonna, che sicuramente non ti farà mai vincere il Pulitzer...»

«Sei proprio una stronza!» Mi avvicino a lei a tanto così dal viso. Voglio guardarla negli occhi, voglio farle sapere cosa sto pensando di lei in questo momento.

«Ah, la stronza sono io eh?» Mette ancora le mani sui fianchi e si atteggia. «Sei tu che non so per quale motivo ti sei ammutolito tutto d'un colpo.»

«Guarda che non ti ho portata a cena per far colpo su di te o per farti sentire mia» le dico.

Mi guarda, la bocca semiaperta e quegli occhi che – se non

fosse per la rabbia del momento – mi farebbero venir voglia di prenderla e farla mia come sempre. Non nel senso che pensava lei poco fa.

«Be', Dan... io comunque non sarò mai di nessuno. Sono una donna che dedicherà la sua vita solo ed esclusivamente alla scienza. Per quello mi va bene come siamo. E se a te non va più bene, mi troverò qualcun altro con cui rotolarmi tra le lenzuola.» Si stringe nelle spalle.

«Forse hai bevuto un po' troppo, perché io non ti voglio e non ti vorrò mai in quel senso. Resta tra le tue stelle e vattene pure su Marte!» Mi giro e ritorno in direzione del mio mezzo di trasporto. «Ora, o ti sbrighi o trovi qualcun altro che ti riaccompagni a casa.» Salto in sella e mi rimetto il casco.

«Bene!» Si avvicina a passo svelto verso di me. «Dimostrami che non te ne importa nulla di me, che siamo solo amici di letto e che poi finisce lì!» Il suo petto fa su e giù con affanno.

«Se sali sulla moto, te lo dimostrerò presto.»

CAPITOLO 11
Priya

Dopo esser salita sulla moto di Dan, essermi ancorata al suo busto e aver chiuso gli occhi, il tragitto fino a casa mi è sembrato più lungo rispetto a quando siamo partiti.

Forse è la stanchezza, il litigio appena avuto o l'alcol. O tutto insieme.

Lo so, certe cose non avrei dovuto dirle, o forse, non avrei dovuto dirle in modo così brusco. Avrei potuto parlargli, invece di comportarmi da emerita stronza, ma mi è uscito così e almeno ora sa la verità.

Sa che non voglio impegnarmi, che non ci saranno altri "appuntamenti" e che siamo solo amici con una profonda stima e un'ottima intesa sessuale. Nulla di più.

L'aria fresca della sera comincia a farsi sentire e qualche brivido percorre già la colonna vertebrale.

«Tutto bene?» Dan urla da sotto il casco.

Annuisco e poi torno in quello stato di concentrazione assoluta, quasi stessi meditando. Solo che sono su una moto da centinaia di cavalli, con il ragazzo con il quale ho appena litigato e con qualche grado di alcol di troppo.

Sento la moto rallentare e poi fermarsi. Mi ridesto, tolgo il casco e solo allora apro gli occhi.

«Cosa ci facciamo qui?» gli dico.

«Ora ti dimostro che non mi importa nulla di te. È solo sesso e tutto finisce lì.» Mette via il suo copricapo protettivo, mi prende dal fondoschiena e mi attira a sé.

Gli lancio le braccia al collo, mentre lui mi prende le ginocchia da sotto e si porta le mie gambe attorno alla vita. Allaccio i piedi dietro la sua schiena e iniziamo a baciarci.

C'è qualcosa di diverso stasera. Sarà forse il sopraggiungere dell'eclissi di domani?

Oddio, l'eclissi. Domani. La chiamata.

«Scusa, devo veramente andare.» Cerco di staccarmi da lui e dalla sua presa.

Lui fa resistenza e con tutta la forza che ha mi rimette nella posizione di prima, sale le scale all'esterno del suo appartamento e dà una spallata alla porta.

Non so in che modo, con quale mano e con quale forza, in un battibaleno ci fa entrare nel suo bilocale, mi appoggia sul letto e inizia a togliersi gli indumenti che gli coprono il busto, poi si piega su di me.

«Oddio, Dan... davvero, non è la serata giusta... io domani ho...»

«Sì, hai la tua cazzo di chiamata» mi dice con una foga che non gli ho mai visto. Mi slaccia i jeans e li abbassa, togliendomi allo stesso tempo anche gli slip e lanciando il tutto in un angolo remoto della stanza.

Quel gesto, così deciso e lontano dall'immagine del Dan che conosco, scatena i miei sensi più rapidamente del previsto. Cerco di resistere, ma è inutile: le sue labbra sono già all'altezza dell'inguine, intreccio le dita ai suoi lunghi capelli e guido la bocca e la lingua verso le mie zone più intime.

Stacca le labbra dal mio pube, si slaccia i pantaloni e dalle gambe sposta il mio bacino verso di sé. «Volevi la dimostrazione che siamo solo sesso, no?» Mi guarda dritto negli occhi, un lampo gli attraversa le iridi. Quell'espressione in viso non gliel'ho mai vista e non riesco a interpretarla. So solo che non è mai stato così sexy come in questo momento. «Eccoti servita.» Si abbassa su di me e mi penetra all'inizio dolcemente, poi con un impeto che sembra venire da un'altra dimensione.

Mi manca il respiro. Non posso fare altro che rimanere lì, sotto di lui, a godere di ogni singolo istante.

«Oh, Dan, sì!» Questo è l'unico gemito che mi esce. Nella testa si accalcano parole, al momento annebbiate da questo cocktail ormonale che solo lui sa creare dentro di me. Perché andare a cercare qualcun altro? È così comodo e rassicurante avere qualcuno con il quale fare sesso senza complicazioni e che conosci praticamente da quando eri bambina.

«Priya...» Si ferma e mi guarda. Il suo membro è forte e duro dentro di me. Il suo sguardo mi trafigge e in quel momento non siamo più noi, siamo tutto ciò che ci circonda, fino all'infinito e oltre quello spazio che neanche il più potente telescopio mai realizzato può raggiungere.

I suoi muscoli si tendono, il mio corpo è pronto a far scoppiare l'energia alimentata dai movimenti sopra di me, dal suo profumo, dalle sue dita che a ogni tocco mi provocano delle nuove sinapsi nel cervello.

Il mio cuore inizia a battere e riesco persino a percepirne il suono: Dan.

CAPITOLO 12

Dan

Mi risveglio e lei non c'è più. La luce dorata delle sei del mattino passa attraverso le tapparelle che non chiudo mai totalmente: non mi piace il buio. Ne ho vissuto già parecchio nella mia vita e ogni tanto arriva ancora a tradimento.

Mi siedo sul letto, guardo il lato vuoto, e mi chiedo a che ora se ne sia andata. Non mi aspettavo che restasse. Per come è andata ieri sera, è già tanto aver fatto ciò che abbiamo fatto senza mandarci a quel paese in modo brutale, per poi prendere strade diverse.

Vado in cucina e prendo un bicchier d'acqua. Stamattina la pillola che mi impedisce di impazzire, come la chiamo io, non mi serve. In realtà non è altro che un ansiolitico che prendo all'occorrenza dopo essere stato in Afghanistan, ma stanotte ho dormito bene, di fronte a me ho una giornata interessante, nella quale buttarmi a capofitto, compresa di reportage per l'eclissi che ci sarà tra qualche ora, e l'attività sessuale con Priya mi ha innalzato il livello di serotonina in un modo che ho imparato a conoscere.

Lei ha questo effetto su di me, forse lo ha anche al di fuori della camera da letto, ma non voglio diventi una sorta di dipendenza.

Verso del caffè nella tazza recante la scritta: "Best reporter of the year", un regalo di Aidan che mi motiva a sedermi alla scrivania pure quando vorrei passare giornate intere a letto per non soffermarmi su quei pensieri intrusivi che arrivano da quando sono stato al fronte.

Apro il portatile e inizio a sfogliare le diverse testate giornalistiche online, partendo dal mio blog per osservare commenti, articoli pubblicati dai corrispondenti che collaborano con me da altre città e soprattutto per analizzare le varie statistiche: come mi aspettavo, l'intervista sull'eclissi alla nonna di Priya è il contenuto più letto e commentato del blog negli ultimi tre mesi.

Prendo in mano il cellulare e quasi d'istinto apro l'applicazione di messagistica e la cartella di Priya: nessun nuovo messaggio, ultima visualizzazione ieri sera, poco prima di uscire dal ristorante.

Dan

Ieri sera eravamo entrambi stanchi...

No, cancello, non posso iniziare così. Alla fine, è stata lei a comportarsi male.

Dan

Sei scappata in piena notte? Fammi almeno sapere se sei arrivata a casa sana e salva, con la gente che gira non mi fido molto...

Glielo mando? In fin dei conti, siamo amici, non solo amanti. E mi interessa della sua incolumità.

Poi però mi ricordo di come ha reagito quando mi sono rivolto a lei chiamandola *la mia marziana* e faccio un passo indietro: cancello di nuovo, chiudo l'app, metto il cellulare a faccia in giù e inizio a fare la to do list della giornata.

Il suono della notifica di Skype mi distoglie da ciò che sto facendo.

«Ehi amico, allora? Pronto per la super eclissi che cambierà la vita di tutti quanti? Hai visto le statistiche sul blog?» Aidan mi riempie di parole attraverso lo schermo, mentre io devo ancora collegare i due neuroni che mi sono rimasti.

«Viste, viste... la nonna di Priya sta diventando un personaggio.» Ridacchio. «Dovrei coinvolgerla di più. Magari possiamo pensare a una rubrica sull'induismo e le sue, diciamo così, stranezze.» Ci scherzo su, in fondo l'idea non è poi tanto male: attirerebbe una buona fetta di popolazione e riuscirei a toccare anche la comunità induista.

«Fare ad esempio un'intervista doppia al mese tra Priya e sua nonna: generazioni a confronto, opinioni a confronto, tradizione versus scienza» dice Aidan, che molto probabilmente non ha colto la mia ironia.

«Non è una brutta idea, sai? Il problema è che poi non voglio trovarmi coinvolto in baruffe tra donne. Se quelle due si mettessero a litigare assisteremmo a un precoce Armageddon.» Rido e prendo qualche sorso del mio caffè.

«A quanto mi hai raccontato, forse hai ragione.» Si lascia sfuggire una risatina.

«Papà, ho finitooooo.» La voce di Emily fa capolino in sottofondo. «Posso andare in camera a guardare Lilly&Cody?»

«Prima lavati i denti e cambiati, poi sì, puoi farlo!» Aidan si gira, alle prese con sua figlia. Ogni volta che lo vedo relazionarsi con lei, provo sentimenti misti. Prima di tutto la stima che ho per lui: nonostante il suo passato, è riuscito a impegnarsi nel progetto del nostro *Urban Pulse Post*, ha lavorato su se stesso e sta crescendo una bambina tutto da solo. Senza cedere. Senza una donna accanto. Non che la debba avere per forza, però si meriterebbe qualcuno che lo supporti in questo viaggio.

Allo stesso tempo, sebbene mi sia sempre considerato uno di quelli che si definiscono lupi solitari, ogni tanto mi chiedo come sarebbe avere una famiglia, qualcuno per cui non mollare mai, per il quale andare avanti nonostante la merda che ti getta la vita, per cui semplicemente vivere.

«È già sveglia la signorina?» Ridacchio ancora.

«Quella è sveglia ancora prima di me. Non so da dove la prenda tutta questa energia!»

«Be', credo dal padre!» esclamo con una punta di divertimento.

«Con la vecchiaia i neuroni ci mettono sempre di più a connettere la mattina» e mi mostra la tazza del caffè.

«Ciao, zio Dan!» Emily si affaccia alle spalle di suo padre. «Non vedo l'ora di vederti! Sono emozionata per l'eclissi di oggi! Ci vediamo dopo!» e sparisce senza darmi la possibilità di risponderle.

«Visto? Un concentrato di energia» ripete Aidan, con un largo sorriso, seguendo con lo sguardo la piccola, mentre si allontana e corre su per le scale.

Anche se a volte può sembrare stanco, Aidan ha un luccichio particolare negli occhi quando parla di sua figlia.

«A proposito di concentrato di energia.» Si schiarisce la voce, si guarda intorno per vedere se Emily è ancora nelle vicinanze e abbassa la voce. «Priya?»

Mi avvicino allo schermo corrugando la fronte. «Sì?»

«Come va con Priya?» mi chiede facendo la stessa cosa, quasi sussurrando.

«Perché sussurri, scusa?» A volte è buffo.

«Perché tu vuoi tenere la cosa al riparo da occhi e orecchie indiscreti.»

«Sì, ma cosa vuoi che ne capisca tua figlia?» Rido ancora.

«Sembra innocente, ma ti assicuro che quella ne sa più di ciò che dimostra...»

«Ti rispondo solo che non c'è nulla da sapere sulla marziana.»

«Ma mica siete usciti a cena ieri sera?» mi chiede lui. Maledetto il messaggio in cui la citavo.

«Sì, siamo usciti a cena» confermo.

«E?»

«E cosa?»

«E cosa è successo?»

«Cosa vuoi sia successo?» chiedo ancora, in un battibecco che, so già, non finirà così in fretta. Aidan è bravo nelle interviste perché non molla l'osso.

«Danny, ti conosco... Quando hai quell'espressione qualcosa è successo: se non fuori, almeno dentro di te.» Inarca un sopracciglio.

«Non è successo nulla!» Alzo la voce e mi avvicino al monitor, quasi Aidan fosse proprio davanti a me.

«Sei nei guai? Avete litigato?»

Mi butto indietro sullo schienale della sedia e lascio andare le spalle in avanti. È inutile nascondere le cose ad Aidan.

«Be', una specie di litigio, sì...»

Finito con una bella lotta a letto. E con sentimenti contrastanti che iniziano ad annebbiarmi la mente.

«E l'avete risolto?» chiede lui, mentre si alza dalla scrivania e va a prendere un bicchier d'acqua.

«Non lo so... Mi son svegliato che non c'era più.» Mi stringo nelle spalle. Cerco di non darci peso, ma questa volta – a differenza di altre – c'è qualcosa di diverso. Non so se sono io, o solo il subconscio a giocare con il ruolo che, secondo alcuni, avrà questa eclissi.

«Vabbè... tipico di Priya, no?»

Alzo ancora le spalle, faccio per aprire l'e-mail e il cellulare squilla.

«Sì, ma che importa.» Davvero non mi importa? «Basta che le cose rimangano chiare tra di noi, poi va tutto bene.»

Aidan mi guarda: anche attraverso lo schermo sa quando farmi capire che, molto probabilmente, sto dicendo una cazzata.

«Certo, amico. Certo...»

CAPITOLO 13

Priya

A cosa diavolo pensavo ieri sera?

Stanotte non ho dormito, ho la mente annebbiata dall'alcol e ho ancora il suo profumo addosso. La fragranza fatta dei muscoli, delle labbra e della passione di Dan. E questa volta, il tutto è amplificato, come quando punti una lente d'ingrandimento su qualcosa e inizi a vedere tutto più nitido. In realtà, però, la chiarezza che desideravo tanto e che c'era fino a poco fa è scomparsa. Portandosi dietro anche qualche pezzo del mio cervello. Cosa mi sta succedendo?

Sono fuggita alla chetichella stamattina presto, dopo aver cercato i vestiti che Dan aveva lanciato in un angolino della sua stanza. A ripensarci, sento una tensione al basso ventre e ho bisogno di muovermi. Quasi di scappare.

Devo concentrarmi, tra meno di due ore avrò la benedetta chiamata e finalmente sarà tutto finito.

Prima, però, devo ripigliarmi.

Il programma delle prossime due ore sta nei seguenti punti: scrivere a Dan, come se nulla fosse successo, come se fosse rimasto tutto invariato tra di noi. Perché in effetti è così. Non è cambiato nulla.

No, non è cambiato nulla.

Oddio, sto parlando da sola e ragionando proprio come Tessa! Si pone domande, si risponde da sola e poi fa di tutto per ignorare le risposte che si è data.

Ma io sono diversa. Sono una scienziata, una donna che vuole andare su Marte, non mi faccio prendere da questo genere di ragionamenti.

Quindi, ricapitolando: messaggio a Dan, doccia post-sesso – ancora non sono riuscita a farla, non potevo dare nell'occhio –, corsetta per scrollarmi di dosso questa strana sensazione, doccia post-allenamento, momento di centratura, frullato proteico e vitaminizzato, chiamata.

E spero di aggiungere, dopo la chiamata, una sessione di scrittura di messaggi/chiamate ad amici e colleghi per informarli dell'esito positivo di tutta la procedura di selezione per la chapea.

Poi ci sarà l'eclissi, lasceremo passare il momento di follia collettiva, le paure che tanti imbecilli hanno e la vita scorrerà come prima, anche se non più per me, perché dopo tanta attesa avrò aggiunto un altro tassello al mio piano per approdare, un giorno, su Marte.

CAPITOLO 14

Dan

Appena terminata la call con Aidan, apro WhatsApp per vedere chi mi ha scritto. Eccola, la marziana.

> **Priya**
> *Ola, dormito bene? Non volevo svegliarti e stamattina ho parecchio da fare, come sai. Ci sentiamo* 😌

Nulla di nuovo, nulla è cambiato.
Bene, possiamo andare avanti normalmente.
Con la serotonina ancora in corpo, i neuroni più svegli grazie a quella brodaglia che ho imparato a bere solo da qualche anno, faccio un paio di piegamenti, seguiti da una doccia fredda, che ho scoperto ottima per il sistema nervoso, e mi preparo ad andare in giro per Manhattan durante la giornata che ospiterà il fenomeno astronomico del secolo.
Esco di casa e inspiro il profumo della primavera che sta avanzando a gran passo. La luce del sole di New York, che brilla in un cielo libero da qualsiasi tipo di pericolo, non fa altro che ricordarmi quanto io sia fortunato.

L'immagine di lei si intromette ancora una volta. Lo fa a scadenze regolari. La mia psicologa, Lauryn, ha cercato di capire perché lo faccia ancora e in modo così prorompente, ma io non sono stato molto collaborativo nel voler trovare risposte che potrebbero aiutarmi. Perché forse lo so, ma non voglio ammetterlo a me stesso. Perché se lo ammettessi, se lo riconoscessi anche solo in parte, allora avrei un gran bel problema che non posso permettermi di avere.

Riporto la mente al presente e guardo le fronde degli alberi che costeggiano la strada in cui abito. Danzano al venticello che raggiunge l'entroterra di Brooklyn partendo dall'oceano. Una giornata perfetta per assistere all'eclissi.

Inforco la mia moto, ed eccola ancora lì, *lei*. Mi si para davanti agli occhi. I suoi capelli lunghi al vento, il suo sorriso che tutto raccontava senza proferire parola. Non le vedo gli occhi. Sembra volermi dire qualcosa, ma non riesco a sentirla.

Il tutto dura meno di mezzo secondo, ma è così prorompente che solo il rombo della moto che ho appena acceso mi ridesta.

Abbasso la visiera e parto per le strade di Brooklyn che mi condurranno fino all'ufficio dell'*Urban Pulse Post*.

La moto mi dona la possibilità di modificare la velocità a mio piacimento. Ed è proprio per questo che ho deciso di prenderla, dopo essere stato in Afghanistan. Non mi sono mai interessate le moto, ma per una volta voglio essere io a decidere quanto veloce possa andare la mia vita, se devo scappare, se posso prendermela con comodo. E non ho nulla che mi ripari da ciò che ho attorno.

È un gioco con la morte? Forse. Di questo non ho ancora parlato con Lauryn. Ma a volte ho proprio bisogno di arrivare fino al punto di non ritorno: dove mi sento davvero vivo, eppure basta poco per andare a sfracellarmi contro qualcosa e morire.

Ed è soprattutto in momenti come questo, quando *lei* riappare, che l'istinto è di andare il più veloce possibile.

Alcuni lo fanno con l'alcol – anche io una volta –, alcuni sono drogati di esercizio fisico, ma per me è la mia moto.

Avvicinarmi così tanto al punto di non ritorno mi fa sentire vivo, spegne tutti i pensieri che arrivano, compresa *lei*. Soprattutto perché, se non sono concentrato sul presente, è impossibile mantenere l'equilibrio e, nonostante tutto, alla mia vita ci tengo.

Arrivo sotto l'ufficio dell'*Urban Pulse Post* e parcheggio la moto.

Apro la porta principale e mi accorgo di un foglietto che vi è stato affisso: "La fine è vicina", dice, con un'immagine che raffigura un'eclissi, molto probabilmente un'illustrazione medievale.

Stacco il foglio, entro nell'immobile e apro la porta d'ingresso del nostro open space.

Come spesso accade, sono il primo ad arrivare.

Guardo l'orario.

«Tra poco Priya avrà il suo colloquio...» mormoro, mentre vado a servirmi dell'acqua nell'angolo cucina che ho fatto installare qualche tempo fa.

Raggiungo la mia postazione, collego il computer alla

docking station e continuo con le mie routine pre-lavoro. Non ho molto tempo, ma prendo qualche appunto e poi girerò per le strade della città a vedere cosa accade.

Il cellulare è lì accanto a me e sembra un magnete che cerca di attirare la mia attenzione. Forse dovrei scrivere a Priya dicendole che la penso durante il suo colloquio.

Lo prendo in mano, apro WhatsApp e inizio a digitare. Anche perché prima non le ho risposto.

Dan

Incrocio le dita!

Priya

Nooo! Non si fa! Ritira subito ciò che hai detto!

Dan

Ora sei diventata scaramantica?

Priya

Ci mancherebbe! Sono una donna di scienza, io. Solo che a livello psicologico, questo può avere un'influenza sul mio subconscio...

Dan

???

Priya
> Vabbè, poi ti spiego.

Okay, meglio chiudere qui. Il gesto da amico-di-letto l'ho fatto.

Faccio un ultimo giro nel web e leggo le notizie delle agenzie che sono arrivate mentre stavo venendo in ufficio.

Un bip sordo proveniente sempre dal cellulare mi notifica un altro messaggio.

Aidan
> *Hai già saputo? Volevo mostrartelo al mio arrivo, ma ho pensato tu volessi vederlo subito...*

E mi allega un link, che clicco senza neanche leggere l'anteprima.

Ex marine in congedo ritrovato senza vita nel suo appartamento newyorchese. Era uno degli eroi di Sarobi.

Joshua Rendall, un ex marine di ventotto anni, è stato trovato morto nel suo appartamento in circostanze che suggeriscono il suicidio. Questo tragico evento ha sconvolto la comunità che lo conosceva soprattutto per il coraggio e la dedizione che aveva mostrato durante il servizio militare.

Rendall, originario di Manhattan (New York), si era arruolato nei Marines subito dopo il diploma. Durante il suo servizio, si era distinto per lo straordinario coraggio e la leadership, in particolare durante una missione critica a Sarobi, in Afghanistan. Durante un violento agguato nemico, Rendall riuscì a portare in salvo alcuni compagni di squadra, dimostrando eccezionale prontezza di spirito e abilità tattica. Questo atto di eroismo gli valse la Medaglia al Merito, una delle più alte onorificenze militari, e il congedo con onore. Tuttavia, quel giorno a Sarobi furono uccisi altri preziosi membri della squadra, tra cui una giornalista e altre due persone, un ricordo doloroso che Rendall portava con sé.

Dopo il ritorno alla vita civile, però, Rendall dovette affrontare una serie di sfide comuni a molti veterani di guerra. Nonostante il supporto della famiglia e degli amici, sembrava lottare contro demoni interiori che non riusciva a sconfiggere. Il suo eroismo in battaglia era in tragico contrasto con il silenzio e l'isolamento che caratterizzarono la sua vita post-militare.

La notizia della sua morte ha sollevato un'ondata di dolore e riflessione sulla necessità di fornire maggiore supporto ai veterani che tornano dalla guerra. Molti hanno ricordato Joshua come un ragazzo di eccezionale valore, non solo per le azioni in battaglia, ma anche per l'umanità e l'impegno nei confronti dei suoi compagni.

Le indagini sono ancora in corso, ma il segno indelebile lasciato da Joshua Rendall rimarrà nei cuori di chi lo ha conosciuto. La sua storia è un potente promemoria del prezzo spesso invisibile della guerra e della necessità di offrire sostegno continuo ai nostri eroi, soprattutto dopo il loro ritorno a casa.

Più vado avanti con la lettura, più il cuore pompa sangue.

Sento il battito nel cervello. E le immagini di quel luogo, la sabbia sulle mani, tra i capelli, in bocca.

E, ancora una volta, eccola. *Lei*, lì, nell'istante in cui il suo sguardo si posa su di me per l'ultima volta, prima di essere colpita. Prima di cadere a terra.

Prima di esalare l'ultimo respiro ed essere lasciata a morire insieme ad altri sconosciuti.

Prima di essere abbandonata in una terra che non le è mai appartenuta.

Prima di essere abbandonata. Anche da me.

CAPITOLO 15
Priya

Dan non doveva mandarmi quel messaggio. E non perché altrimenti il mio subconscio potrebbe convincersi che ho bisogno del suo incoraggiamento o del suo sostegno, come se qualcosa stesse per andare storto, ma perché l'ultima persona che avevo bisogno di sentire prima di questo importante passo nella mia carriera è proprio lui.

I messaggi insistenti di Tessa posso ignorarli. E infatti lo faccio da ieri sera, anche se lei sembra non comprenderlo perché ne ho ricevuto un altro proprio poco fa, che è finito direttamente nella cartella degli archiviati. Li recupererò tutti più tardi.

Vanessa sa come la penso, quindi da lei non ho sentito più nulla. E mi va bene così. Lei è la mia anima gemella scientifica.

La mia stanza non è mai stata così quieta.

Nani è nella sua camera a meditare e a prepararsi per l'eclissi e l'unico rumore che proviene da lì è il verso di Whiffy, che ogni tanto ripete *"eclissi, eclissi"*.

I miei genitori sono in giro per la casa, in costante meditazione e preghiera, quasi dovesse accadere qualcosa di malvagio da un momento all'altro.

Il profumo di incensi ha pervaso tutti gli ambienti ed è per questo che ho la finestra spalancata. Per quanto io sia cresciuta tra questi profumi, anch'essi ora mi stanno troppo stretti e mi richiamano l'ottusità della religione.

La strada, che normalmente è abbastanza trafficata e a quest'ora già propina una moltitudine di suoni e odori provenienti da alcune tavole calde del quartiere, oggi sembra far fatica a risvegliarsi.

C'è una calma che per alcuni sembra preannunciare l'imminenza di qualcosa di speciale, ed è proprio così. Come astronoma non posso fare altro che confermare: questo sarà il fenomeno del secolo, e chi lo snobba non sa cosa si perde.

Il problema è il sensazionalismo che impera attorno a questo genere di eventi e, spesso, è a causa di due fattori: per quanto riguarda la religione, aiuta nel controllo su chi crede a determinati dettami, per quanto invece concerne la mediatizzazione, serve a vendere tutto ciò che di vendibile c'è.

Guardo l'orologio. Mancano cinque minuti.

Apro il computer, clicco il link inviatomi qualche giorno fa via e-mail per avviare la call e aspetto che appaiano i nomi degli altri partecipanti: il dottor Connor Smith, ex astronauta e responsabile di tutto il progetto chapea, e la dottoressa Olivia Bennet, a sua volta ex astronauta, che al momento gestisce l'intero progetto volto a portare l'umanità su Marte. Entrambi con una moltitudine di lauree, master e riconoscimenti vari. Parecchi giorni passati nello spazio, qualche passeggiata nel vuoto cosmico, diversi problemi risolti mentre galleggiavano nel fiume dell'Universo. Due persone che, al solo leggerne i nomi, mi stimolano. Due personaggi ai quali aspiro.

«Signorina Neelam, buongiorno!» Il viso della Bennet è il primo ad apparire. «Grazie per essere qui. Aspettiamo il dottor Smith e iniziamo con quest'ultima parte del processo di selezione.» Parla sistemando alcuni fogli che ha sottomano. La dottoressa Bennet è una di quelle donne che rappresentano per me un modello da seguire, qualcuno a cui desidero somigliare: single a cinquant'anni, dedita solo alla scienza, oltre alle lauree e all'esperienza da astronauta, ha alle spalle una miriade di pubblicazioni su riviste scientifiche e diversi libri da divulgatrice. Io li ho letti tutti, inutile dirlo, li ho adorati.

«Eccolo» dice poi, una volta che Smith si palesa.

«Dottoressa Bennet, signora Neelam, buongiorno e benvenute.» La voce tonante dell'uomo mi mette sempre un po' in soggezione. Insomma, quando si tratta di qualcosa che ha a che fare con il mio futuro da astronauta, con il mio più grande obiettivo, non sono la Priya sicura di sé che tutti conoscono.

Anche io ho una certa fragilità riguardo alle cose importanti, non di certo alle quisquiglie.

«Andiamo subito al sodo. Dopo mi aspettano per assistere al fenomeno del secolo» dice la Bennet, prendendo in mano il suo tablet.

Smith e io annuiamo.

Sono pronta.

Desta e pronta.
Pronta per andare incontro al mio destino.

«Signora Neelam, se è arrivata fino a questo punto della selezione, come ho già avuto modo di accennarle qualche giorno fa, vuol dire che questo colloquio dovrebbe essere una formalità» continua a parlare, mentre armeggia con il dispositivo elettronico. Ecco, una cosa che può innervosirmi è proprio un comportamento del genere: qualcuno mi parla, ma non mi guarda. Soprattutto in un momento così cruciale come il presente.

Annuisco e non riesco a dire altro che "mmm, certo". Smith appare quasi invisibile: sembra fissare lo schermo, ma dà l'impressione che la sua mente sia altrove.

Forse vuol dire veramente che questo colloquio è solo una formalità.

«Tuttavia, esaminando più a fondo i dati raccolti durante le diverse prove e gli addestramenti, è venuta alla luce una particolarità davvero interessante...» Mi guarda e inarca un sopracciglio, quasi avesse trovato qualcosa di cui accusarmi.

«Mmm.» Smith si schiarisce la voce e inizia a spiegare. «Guardando nel dettaglio la valutazione psicologica che le è stata fatta, abbiamo avuto conferma che lei possiede tutto ciò che fa di una persona un'ottima candidata per andare nello spazio, soprattutto per una missione come questa.»

«Con la missione chapea resterà sulla Terra in un ambiente che riproduce Marte nei minimi particolari, è importante però che i candidati abbiano un profilo psicologico che rispecchi quello di un astronauta al cento per cento.» La Bennet ha ancora quello sguardo come a dire: ti ho beccata.

«Cosa è emerso dalle analisi?» Cerco di sembrare tranquilla, ma in realtà dentro di me è appena avvenuto un nuovo Big Bang.

La Bennet armeggia ancora con il suo tablet e poi inizia a leggere. «Signora Neelam, dal suo profilo si evince che lei ha eccellenti capacità, come la resistenza allo stress, un ottimo spirito di squadra, adattabilità veloce alle nuove situazioni, il problem-solving è un suo punto forte, come pure l'attitudine a prendere decisioni in poco tempo. Per non parlare poi delle sue competenze tecnico-scientifiche e di determinazione e persistenza...» Fa una piccola pausa.

Non avevo mai fatto un'analisi psicologica prima, devo dire però che non sono per nulla sorpresa di ciò che è risultato: è come mi percepisco io stessa e questo significa che ho anche una buona consapevolezza di me stessa.

«Un aspetto, però» continua Smith, che molto probabilmente sta guardando lo stesso documento della Bennet «ci ha incuriositi e lasciati un po' perplessi...»

Il cuore sembra muoversi nel petto come una pulsar. Nessun uomo mi ha mai provocato una simile reazione.

Non riesco a spiccicare parola.

«La pongo davanti a un dilemma, signora Neelam.» La Bennet mi guarda. «La possibilità che si verifichi quanto le sto per chiedere è parecchio alta nello spazio, per non parlare di Marte, che è un ambiente ancora inesplorato.»

«Mi dica.» Deglutisco, mentre le dita delle mani continuano a tormentarsi sotto la scrivania.

«Immagini di essere nello spazio, durante una missione cruciale per il nostro programma di esplorazione marziana. Un guasto tecnico critico, come un malfunzionamento del sistema di supporto vitale o un'avaria nei sistemi di comunicazione, mette a rischio il completamento della missione. Allo stesso tempo, uno dei suoi colleghi astronauti è in grave pericolo di vita a causa di un incidente durante un'attività extraveicolare. Deve scegliere tra completare la missione, che è di fondamentale importanza per l'umanità, o salvare il suo collega. Cosa farebbe?»

Apro la bocca per rispondere alla domanda, ma non ne esce alcun suono. Il cervello mi riporta ad alcune immagini, mie e di Dan, della notte scorsa. Il suo respiro, il suo sguardo. Un brivido mi ripercorre la colonna vertebrale e vorrei ancora essere lì, accanto a lui.

Lo sapevo che sarebbe stato un grande errore passare la notte insieme prima di questo colloquio.

«Be'» inizio, prendendo un respiro profondo e scacciando le immagini di noi dalla mente «seguendo il protocollo standard, la missione ha la massima priorità» dico. Sì, *perché prima di tutto la missione.* C'è qualcosa, però che inizia ad agitarsi in me. Qualcosa non quadra. Qualcosa non è al posto giusto. La mia coscienza non è al posto giusto. «Tuttavia» continuo deglutendo «una cosa che non posso e non potrò mai fare è ignorare l'importanza della vita umana. Se mi trovassi in una situazione del genere, farei sicuramente di tutto per trovare una soluzione che possa salvare sia la missione sia il mio collega. Ma se dovessi scegliere, in tutta sincerità...» Mi fermo perché so già quanto mi costerà dire ciò che sto per dire.

«Cosa farebbe?» incalza la Bennet, che nel frattempo ha un'espressione più arcigna rispetto a prima.

«... sinceramente la vita del mio collega verrebbe prima» dico togliendomi di dosso quel peso.

«È proprio questo che temevo lei rispondesse, signora Neelam. Ed è quello che è emerso anche dal suo profilo psicologico» continua la Bennet. «È consapevole, però, che la nostra politica operativa prevede il completamento della missione come priorità, persino in caso di gravi emergenze?»

«Certo, ne sono consapevole. D'altro canto, è però vero che esiste il principio di gestione delle risorse dell'equipaggio, che enfatizza la sicurezza e la preservazione della vita umana come priorità assoluta.» Mentre sto parlando cerco di analizzare le microespressioni nel volto della Bennet.

«Come giustificherebbe, signora Neelam, la sua scelta di anteporre la vita del collega alla missione, soprattutto considerati i costi e le risorse investiti?»

«Come detto: la missione è importante, fondamentale, ma la perdita di un membro dell'equipaggio, non sarebbe solo un dramma personale, ma potrebbe compromettere il lo spirito e l'efficienza del resto del team.»

«Quale sarebbe un'eventuale procedura che lei attuerebbe?» Smith si fa sentire con questa domanda. Analizzo velocemente ciò che sta succedendo anche sul suo volto.

«In una situazione così estrema, su un pianeta sconosciuto, mi affiderei ai protocolli di emergenza per stabilizzare il sistema vitale e implementerei un piano di riserva per recuperare la missione, bilanciando entrambe le priorità al meglio.» Sono sicura di ciò che sto dicendo, ma i miei due interlocutori non lo sembrano affatto.

«Signora Neelam, la ringraziamo per la sua sincerità e integrità» interviene di nuovo la Bennet.

Smith si schiarisce la voce e riprende a parlare. «Sappiamo che non è semplice, soprattutto quando uno si trova lassù, prendere certe decisioni. E siamo consapevoli che durante la chapea i pericoli e le emergenze saranno solo simulati, sebbene siano totalmente in linea con le ricerche condotte sinora, eppure il nostro obiettivo finale è quello di avere a disposizione più astronauti possibili da inviare su Marte tra qualche anno» continua Smith.

«Certo, lo so. Ed è per questo che posso assicurarvi che qualora doveste confermare la mia partecipazione al progetto, metterò tutte le mie competenze ed energie al servizio della ricerca, dei miei colleghi, della nasa e dell'umanità intera!» Forse lo dico con troppa foga, ma sto iniziando a sentire il panico che mi pervade lo stomaco.

«Le faremo sapere, signora Neelam.»

E dopo questa frase pronunciata dalla grande Olivia Bennet, i due si congedano e i loro volti sullo schermo si spengono.

Come si spegne anche il mio sogno di andare, un giorno, su Marte.

CAPITOLO 16

Dan

Seduto alla mia scrivania in quella che tra poco sarà una redazione occupata da una decina di persone, fisso lo schermo del laptop davanti a me, anche se le immagini che si accalcano nella mente sono altre.

Il cuore pompa sangue proprio come quando ero lì, le mani iniziano a tremare e *lei* che mi dona il suo ultimo sguardo, impaurito e quasi rassegnato, attanaglia ogni mio pensiero.

Non ho via d'uscita.

«Devo prendere aria» mi dico. Mi alzo di scatto, chiudo il portatile e lo metto nella mia sacca. È ancora presto, ma decido di inforcare la moto e recarmi a Manhattan. Magari l'eclissi mi porterà qualcosa di nuovo, magari arriverà con le sue ombre per portare via quelle che invece oscurano il mio cuore.

Monto in sella alla Kawasaki e mi avvio a tutta velocità.

Mi immetto sulla Fulton, incrociando un paio di sguardi di persone che molto probabilmente stanno maledicendo il mio passaggio così rumoroso, e imbocco Flatbush Avenue per dirigermi poi verso il Manhattan Bridge.

Devio il percorso e mi ritrovo a Dumbo. Lascio la moto nel primo posto che trovo, scendo e cammino fino al parco di fronte al luogo iconico che tutti i turisti fotografano.

La vista della città da qui è particolare. Certo, non è come quella che si può scorgere dalle rive del fiume sul lato del New Jersey, ma è altrettanto affascinante e forse più vera. Mostra una New York fragile, una New York alla portata di tutti, senza i grandi palazzi che a volte sembrano toglierti il cielo.

E poi da qui vedo bene anche il simbolo della nostra libertà, della libertà da quel nemico – interno o esterno, su questo ho ancora tanti dubbi – che ha colpito la nostra metropoli quando ancora ero troppo piccolo.

Ho un ricordo vago delle Torri Gemelle e delle immagini che venivano trasmesse alla televisione, con la mia povera nonna che cercava di contattare sia mio padre sia mia madre. Le linee telefoniche sovraccariche non permettevano di arrivare a nessuno. Ricordo quella grande nuvola nera, sì. Quella che giunse fino a Brooklyn. Quell'ombra nera che non ha più lasciato il mio cuore dal momento in cui è arrivata a casa la polizia comunicando che entrambi i miei genitori erano deceduti all'interno delle Torri Gemelle: poche parole, il saluto militare, le condoglianze e la promessa con gli occhi umidi di uno di loro, mentre guardava me. «Faremo fuori quei bastardi».

Da allora per me è stato tutto più difficile, ma al contempo per gli altri ero uno di coloro che chiamavano "orfani delle Torri Gemelle".

Avevano istituito una fondazione che ci aiutava: economicamente non mi è mai mancato nulla, borse di studio avute senza alcun problema e sovvenzioni di ogni tipo fino alla laurea.

La cosa che mi è mancata di più, oltre all'amore dei miei genitori, è stato però di non aver avuto un sostegno psicologico adatto.

I bambini sono resilienti, sì. Cadono, piangono e si rialzano subito continuando a giocare come se nulla fosse.

Ma mi chiedo quanto il voler capire di chi fosse la colpa o il cercare un nemico ben distinto abbia influito sulla mia vita. Forse ho accettato di andare in Afghanistan proprio per questo motivo. Forse, se non fosse successo tutto questo, non avrei incontrato *lei* e non avrei ancora le ombre che mi attanagliano.

Forse mi sarei già trovato qualcuno con cui condividere la vita, senza tanti patemi d'animo, senza tante complicazioni.

Mi siedo su uno degli scalini che danno sugli scogli del fiume. Chissà quanti pensieri simili ai miei ha ispirato questo posto. Chissà quante persone hanno pensato, proprio qui, di farla finita per sempre. Chissà quante persone hanno pensato di lasciare tutto, scappare e ricominciare da un'altra parte, magari con un'altra identità, non per forza fatta di nome e cognome diversi, ma di un passato che non esiste.

Ogni tanto ci penso: prendere e andarmene. Ricominciare. D'altronde non ho nessun legame di sangue qui. Poi, però c'è qualcosa che mi frena, che mi blocca. Io a questa città ci sono legato, non le devo proprio nulla, non sono uno di quelli che dicono che a New York devono la vita, la carriera o altro. Ci sono legato e basta. Non la lodo, anzi a volte la odio, come la odio un po' anche in questo momento, perché non è stata capace, non siamo stati capaci di prenderci cura dei suoi giovani, di chi ha combattuto per lei, di chi ha donato una parte della sua vita, della sua sanità mentale e della sua giovinezza alla salvaguardia della città.

Sì, perché l'Afghanistan è partito proprio da qui. E con le belle parole sul patriottismo, sul dover combattere contro un nemico invisibile, il burattinaio è ancora vivo, mentre il burattino ha deciso che non vi era più niente per lui in questa vita.

Dalla tasca del giubbotto estraggo il cellulare.

Dan

Allora? Com'è andata?

Scrivo a Priya anche se in realtà c'è una parte di me che vorrebbe andare a dirgliene quattro per come si è comportata ieri sera. Pensare a lei è un'arma a doppio taglio, è fuoco e ghiaccio, è ombra e luce. Vorrei non averla mai incontrata, vorrei non averla mai portata nel mio letto, ma poi mi rendo conto che se non fosse andata così, qualcosa mi sarebbe mancato.

Aspetterò. Se è ancora arrabbiata sono cavoli suoi, a me basta che lei possa raggiungere il suo sogno, che possa raggiungere quelle stelle che tanto ama, quel pianeta che tanto sogna.

Il suo sogno è in parte il mio, ma io devo rimanere qui, perché una cosa la so: devo sconfiggere una volta per tutte i miei demoni e quell'ombra che non mi fa vivere.

Sento un bip sordo e una vibrazione. Forse è lei.

Aidan

> *Sei già scappato verso Manhattan? Stacanovista!*
> *Sono in ufficio. Sbrigo un paio di cose e poi ti raggiungo, basta che mi dici dove sei.*

Ripongo il cellulare e salgo di nuovo in sella alla moto. Parto a tutta velocità e imbocco il Manhattan Bridge. Spingo la manovella dell'acceleratore, sento la forza dell'aria che fa resistenza. Questo mi fa sentire vivo, forte, quasi invincibile.

Spingo ancora di più, facendo zig zag nel traffico che si dirige verso l'isola.

Circa a metà del ponte, scorgo una figura: snella, capelli neri al vento e sguardo fisso su di me.

Lei.

Scrollo la testa.

Strizzo gli occhi.

Guardo in avanti e tutto a un tratto il frastuono, lo scontro, il buio.

Narra una leggenda cinese di due amanti che non riescono mai a unirsi. Si chiamano Notte e Giorno. Nelle magiche ore del tramonto e dell'alba gli amanti si sfiorano e sono sul punto di incontrarsi, ma non succede mai. Dicono che se fai attenzione, puoi ascoltare i lamenti e vedere il cielo tingersi del rosso della loro rabbia. La leggenda afferma che gli dei hanno voluto concedere loro qualche attimo di felicità; per questo hanno creato le eclissi, nel corso delle quali gli amanti riescono a unirsi e fanno l'amore.

(David Trueba)

È un'ombra. Solo un'ombra. Cosa ci attira tanto nell'eclissi? Si rende visibile una mancanza sempre presente.
È come l'amore, in fondo.

(orporick, Twitter)

CAPITOLO 17
Priya

In pratica sto guardando lo schermo da quando i visi della dottoressa Bennet e del dottor Smith si sono spenti, lasciando vuota la schermata di Zoom. Da quel momento lo stomaco ha iniziato a contorcersi e i neuroni hanno dato vita a sinapsi e forme di pensiero che prima non esistevano. E un quesito si è aperto nella mia mente: se non ce la facessi?

È la prima volta in così tanti anni di duro lavoro e studio, anni nei quali ho buttato sangue e lacrime – forse lacrime no perché è molto raro che io pianga, sangue e sudore però di sicuro –, che mi sento senza speranza. Certo, ci sono tanti altri programmi, ma io voglio la nasa, voglio la chapea, voglio Marte e non semplicemente la luna o andare a galleggiare nell'aria nella iss. Se andare sulla luna o sulla iss saranno passi obbligatori li farò, ma io punto molto più in alto, punto a dove nessuno è mai arrivato, come gli altri miei colleghi che hanno partecipato con me alla selezione. Tutti loro sognano Marte, il pianeta rosso, il quarto dal Sole, quello che viene definito Pianeta Terrestre perché si suppone che la vita, lì, ci sia già stata e che sarebbe possibile per noi terrestri colonizzarlo.

Trovo la forza per chiudere la connessione e afferro il cellulare, che mostra le anteprime di un paio di messaggi: Dan e Tessa. Non ho la forza di aprirli, non ho la forza di leggerli e neanche di rispondere. Nessuno deve sapere com'è andata e devo pensare a cosa fare per ovviare a questo problema.

Mi butto sul letto a pancia in giù e poi mi giro. Stringo al petto il mio cuscino a forma di Saturno e mi guardo intorno: i poster che raffigurano diversi oggetti e temi astronomici sembrano piombare su di me e l'espressione di Albert Einstein, che pareva giocosa e contenta, ora esprime una velata delusione, quasi stesse dicendo "Ma cosa stai facendo? Devi pensare alla scienza, e non alle scariche ormonali".

«Stupida, stupida, stupida» grido nel cuscino e poi lo lancio.

«Priya!» La voce di mia nonna spunta da dietro la porta, che molto probabilmente non era chiusa del tutto.

Mi alzo di scatto. «Oh, nani, scusa... io... non volevo.» Cerco di ricompormi, ma so che a lei non posso nascondere nulla di ciò che mi passa per la testa.

«L'eclissi già sta avendo qualche effetto su di te?» Ridacchia, e ora che ci penso non so come mai sia in camera mia. «Tutto bene?» Si siede accanto a me sul letto. I suoi occhi sono magnetici come il campo magnetico di un buco nero supermassiccio: impossibile non caderci dentro.

La guardo senza proferire parola.

«Oh... non è andata bene la tua chiamata?» Corruga la fronte e mi mette una mano sulla spalla.

Faccio di no con la testa e poi mi butto con la schiena sul letto, le mani sugli occhi.

«Sono una stupida, una grande, immensa stupida» ripeto mettendo poi le mani nei capelli.

«Tesoro, a tutto c'è rimedio, lo sai» dice lei, voltando il busto verso di me. «Solo alla morte non c'è rimedio, anche se lì si inizia poi una nuova vita, ma questo a te non posso raccontarlo, visto che non ci credi.» Sorride accarezzandomi i capelli.

«Ho fatto un buco nell'acqua, nani. Sono a un punto morto e tutto per colpa di Dan!» Pronuncio il suo nome e sento una fitta allo stomaco, una sorta di tensione che mi provoca nausea. Perché in realtà so che non è colpa sua, ma una responsabilità la devo trovare.

«Di Dan? E cosa ti ha fatto quel povero ragazzo?» chiede lei con aria divertita.

«È entrato nella mia vita e non vuole più uscirne!» Metto di nuovo le mani nei capelli e poi mi rannicchio.

«Ma questa è una bellissima cosa...»

«Non lo è se interferisce con il mio obiettivo di andare su Marte.»

«Tesoro, ricorda che nessuno può interferire con i tuoi obiettivi, neppure l'amore. Sei tu che scegli e sarai sempre tu a farlo fino al momento in cui non permetterai agli altri di farlo per te.»

«Ci sono altre forze in ballo, nani... ci sono persone che devono decidere se farò parte o meno dell'equipaggio che simulerà la vita su Marte per la prima volta nella storia dell'Uomo. Ci sono persone che vanno a scavare nel tuo cervello per vedere se sei una candidata ideale, perché conta solo la missione.»

«Ma non è quello che hai sempre detto anche tu?»

«Certo, lo è e sarà sempre così. Ma quando si tratta della vita delle persone...» Mi fermo, non posso andare avanti perché ora sì che mi viene da piangere.

«Oh, tesoro.» Nani si accoccola accanto a me con le movenze di una persona che non sembra avere più di settant'anni. «È da tanto tempo che non posso coccolarti in questo modo. Ormai sei grande, una donna che sa ciò che vuole.»

«Non ne sono più così sicura...» Sto piagnucolando. Priya Neelam che piagnucola. Forse è vero, qualche effetto l'eclissi ce l'ha.

«Di cosa? Di ciò che vuoi? O di ciò che sei?»

«Di tutto, nani!» Premo il viso nel cuscino e cerco di ricacciare indietro questo poco conosciuto fluido che sta per uscire dai miei occhi.

«Chiediti cosa ti fa sentire in questo modo. Conoscendoti, non accetti un rifiuto così facilmente. Ricordo ancora quella volta che, uscita dalle scuole dell'obbligo, hai preparato una presentazione per i tuoi genitori affinché di permettessero di studiare e non hai mollato l'osso fino al loro sì. E poi hai preso una borsa di studio che ti ha portata dove sei ora!»

«Sì, ma lì c'è stato lo zampino del papà di Tessa, che ha parlato con papà e mamma...»

«Certo, ma sei tu ad averlo attirato nella tua vita. Attiri persone, cose e situazioni che ti aiuteranno nei tuoi intenti, se essi sono il tuo dharma.»

«Oh, nani... Sono consapevole che tu mi vuoi aiutare e consolare, ma lo sai che non credo nel dharma, nel karma e in tutto ciò che vi ruota attorno.»

«E se ti dicessi che io so che il tuo dharma è allineato con ciò che desideri?»

Una speranza si apre, pur non credendo a questo genere di cose. Però nani ha sempre il potere di alleggerirmi il cuore.

«Sarebbe una buona notizia.» La guardo e inizio a sorridere.

«E se ti dicessi che il tuo karma, secondo me, è proprio quello di accettare i tuoi sentimenti e l'idea che puoi fare tutto perché tu lo vuoi e non perché gli altri lo decidono?»

«Questa è un po' meno buona... non mi interessa nulla dei sentimenti.» Sto dicendo una bugia. Me ne accorgo io, come se n'è accorta nani, che per tutta risposta mi sorride e inarca un sopracciglio.

«Ricorda che le ombre sul cuore passano come l'eclissi. Ma il sole continuerà a splendere e la luce tornerà sempre.» Mi dà un bacio sulla fronte, si alza e poi si dirige verso la porta. «Anche con il tuo Dan...» la sento dire prima che se la richiuda alle spalle.

Mi metto a pancia in su e guardo di nuovo in giro. Non è il *mio* Dan. Come io non sono la *sua* Priya, *la sua marziana*.

«Allora, Albert, che facciamo?» chiedo all'immagine di Einstein, che ora sembra un po' meno accigliato.

Prendo di nuovo il cellulare. No, non ho ancora la forza di leggere i messaggi. Apro però WhatsApp e scrivo un'unica breve comunicazione alla mia collega e amica.

Priya

Ciao Vanessa. Ho bisogno di qualche giorno di riposo. Non sarò rintracciabile. Ci sentiamo presto.

Premo il tasto di invio, aspetto che venga recapitato il messaggio e spengo il cellulare.

Non mi lascerò sfuggire niente. Non sono una che si arrende. Forse cado, ma mi rialzo subito. È questa la Priya che andrà su Marte.

CAPITOLO 18

Dan

Mi sveglio ed è come se la luce del neon mi lanciasse degli spilli negli occhi. L'istinto è quello di chiuderli di nuovo per poi riaprirli in modo graduale, così che si abituino alla luce che mi sta accecando. La curiosità, e forse anche l'istinto di sopravvivenza, mi fanno reagire d'impulso.

«Dove sono?» mormoro, la gola arsa e le labbra che tirano.

Un bip sordo e ritmato proviene dalla mia destra. Muovo la testa. Sembra la stanza di un ospedale.

Okay, è un altro dei miei sogni nei quali prima o poi spunta fuori *lei*.

Faccio per alzarmi nella speranza di risvegliarmi, ma all'improvviso si apre la porta della stanza e un'infermiera accorre in mio soccorso.

«Stia giù tranquillo.» Mi prende le spalle e riaccompagna il mio busto in posizione supina. «Ha subito un trauma cranico e deve stare a riposo» mi ordina.

«Sì, certo. Un trauma cranico! Sono altri i traumi che ho!» Faccio di nuovo per mettermi seduto e cerco di togliermi l'ago cannula che ho impiantato nella mano destra. È tutto un sogn... «Ai!» urlo quando cerco di strappare tutto.

«Ma cosa diavolo sta facendo?» L'infermiera, ora, sembra più Hulk che cerca di rimettermi al mio posto. Forse un po' intimorito, mi rimetto in posizione iniziale, come fa un bambino che è appena stato sgridato. «Non si muova da qui, o sarò costretta a chiamare il personale di sicurezza e a sedarla!»

Osservo le espressioni di questa signora sulla sessantina, che con aria accigliata e concentrata cerca di rimettere in ordine l'ago cannula e controlla i valori sul monitor. «Voi giovani motociclisti siete delle piaghe» mi dice con un sorriso che non fa altro che sciogliermi. «Poteva andarle peggio, sa? Non so quale angelo o entità abbia guardato giù mentre è stato sbalzato dalla sella. Poteva finire nel fiume... e chi la ritrovava più...»

«Non... non ricordo nulla...» dico, rendendomi conto di ciò che è successo. «L'ultima cosa che ricordo è una donna che mi guardava dal ponte e...» Mi accorgo che ciò che sto raccontando è frutto di un'allucinazione.

«Non c'era nessuna donna, sarebbe già stata presa dagli agenti che abitualmente pattugliano il ponte, non crede?»

Annuisco e la guardo.

«È anche vero che non ha traccia di alcol o droghe in corpo, mi chiedo cosa le passasse per la testa, ragazzo!» Il suo pragmatismo mi mette un po' in soggezione. Chissà quanti ne ha visti come me.

«Da quanto sono qui?» chiedo con una smorfia data dal bruciore dell'ago che lei ha appena fissato come era nella posizione iniziale.

«Oggi è il secondo giorno. È successo ieri. E dire che l'eclissi non era ancora arrivata... Si è perso l'evento del secolo.» Prende in mano la cartelletta e scarabocchia qualcosa. «Vado a cercare le medicine che devo somministrarle e ad avvisare il medico di turno che si è svegliato. Abbiamo chiamato il suo contatto d'emergenza. È venuto qui ieri e al momento è giù al bar. Dovrebbe essere di ritorno da un momento all'altro.»

«Aidan...» mormoro. «Ho bisogno del mio cellulare.»

«Impossibile.» Lo afferma con la determinazione di una mamma che dice di no al suo capriccioso figlio. «Il cellulare è andato distrutto...»

Un flash mi passa per la mente. «E la moto?» La preoccupazione inizia a salire.

«Di quella non so nulla... magari il suo amico sa qualcosa di più» risponde stringendosi nelle spalle. «Deve essere grato di essere ancora qui a chiedere che fine abbiano fatto i suoi oggetti...» sentenzia e poi chiude la porta dietro di sé.

Non le do torto, anzi. La mia moto, però, è qualcosa a cui non posso rinunciare, è una parte di me, è una parte della mia salvezza.

La porta si riapre.

«Oh, meno male!» Aidan entra con un bicchiere di caffè in mano, un pacchetto di patatine fritte nell'altro, la barba non fatta e l'aria di uno che sembra appena uscito da un locale notturno. «Che diavolo hai combinato? Quando mi hanno chiamato dall'ospedale, avevo appena finito di registrare un paio di cose sull'eclissi per il blog e volevo postarle, ma ho dovuto fare tutto ieri in serata, perché mi sono fiondato qui: non potevo lasciarti solo» racconta tutto d'un fiato.

«Ehi, ehi, amico, calma... sto bene» dico con qualche accenno di fatica. «Mi dispiace tu ti sia dovuto sobbarcare anche la mia parte di lavoro...»

«Non pensare al lavoro ora. È tutto a posto. Abbiamo collaboratori validi che hanno fatto di tutto per coprire l'intero spettacolo astronomico» mi dice. «Come stai?»

«A parte non aver ancora capito come sono finito qui, una commozione cerebrale, il cellulare distrutto e il cervello annebbiato, vuoi dire?»

«Poteva andarti molto peggio! Ho chiamato un mio contatto al distretto di polizia che è intervenuto e mi ha detto che è un miracolo che le tue ferite siano solo queste... potevi morire.»

Aidan corruga la fronte. Il suo sguardo è severo. «Dimmi che non hai preso troppe pastigliette prima di guidare.»

«No, quello non c'entra nulla. Ero lucido.» Abbasso gli occhi e mi guardo le dita che si contorcono tra di loro.

Aidan si avvicina, prende la sedia e si siede accanto al mio letto. «Cosa mi nascondi?» Il suo sguardo cerca di scavare tra i miei pensieri.

«Non ti nascondo nulla! Ero lucido, cazzo!»

«Forse non avrei dovuto inviarti quell'articolo su Rendall così a freddo...»

Guardo il mio amico e poi giro la testa. Rendall. Il pensiero di ciò che gli è successo ora mi assale, quasi fosse la prima volta che ne sento parlare. Gli occhi mi si inumidiscono. «Non si meritava questa fine...» gli dico con la voce un po' spezzata da un'emozione di tristezza mista a rabbia, che cerca di uscire dal mio petto, ma che rimane lì ancorata, come l'ombra sul cuore che ho ormai da troppo tempo.

«Già, non se lo meritava...»

Lasciamo le parole appena dette e le nostre emozioni in sospeso, in quel vuoto che spesso sento nel mio essere.

Scuoto la testa, nella speranza che i miei pensieri con tutte le sensazioni che li accompagnano possano cadere dalla mia mente e rimanere qui, in questa camera d'ospedale per sempre.

«E la moto?» Cerco di cambiare argomento.

«Tu sei in un letto d'ospedale e pensi alla moto?» Aidan si ridesta e accenna un tiepido sorriso. «La moto è a posto! Non so per quale miracolo ha solo qualche graffio qua e là. Ma funziona ancora ed è già a casa che ti aspetta.»

Tiro un sospiro di sollievo. Be', almeno ho ancora il mio mezzo, la mia libertà, colei che mi aiuta a rimanere in equilibro nel presente, anche se per poco.

«Non ho fatto del male a nessuno, vero? Intendo, non ho causato danni o altro...» Non ho pensato che io possa aver fatto del male a qualcuno. Le moto spesso diventano proiettili che possono uccidere.

«Non ti preoccupare. Hai fatto tutto da solo.» Sorride.

«Emily è molto preoccupata per suo zio Dan, vedi di riprenderti presto! Tra l'altro, era tutta eccitata per l'eclissi. Ha seguito live, letto libri e articoli... abbiamo creato un mostro!» racconta divertito.

Sentir parlare di Emily mi ricorda che si può affrontare qualsiasi cosa, persino ciò che ha vissuto Aidan, che non ha mai perso la voglia di andare avanti.

«Magari diventerà un'astronauta!»

«Già, magari sarà identica a Priya...» continua lui.

Priya. La sua immagine mi trafigge l'anima. Sento una fitta nella zona del cuore, che non so se sia reale o solo data dal pensiero di lei.

«A proposito di Priya... l'hai avvisata?» incalza il mio amico.

«No, il cellulare è distrutto, ho dormito fino a poco fa. Le avevo scritto subito dopo il suo colloquio ieri mattina, ma non ha risposto.»

«Magari l'ha fatto, ma nel frattempo non sei più stato raggiungibile.»

«No, è talmente cocciuta che quando capitano queste cose, non le frega niente di chi ha accanto. Le interessa solo il suo futuro come astronauta e andare su Marte.» Sento che mi sta montando la rabbia.

«Se vuoi posso provare a raggiungere Tessa, anche se non la conosco bene, magari chiamo gli uffici di *Influencer per Amore* e...»

«No! Non ho più voglia di questo genere di complicazioni. Ho appena rischiato la vita perché... be', lo sai perché. Perché non sto bene, perché *lei* ancora è qui.» Mi do un pugno sul cuore. «Non ho bisogno di una nerd che pensa solo ad andare nello spazio e non si cura nemmeno degli amici. La vita è troppo breve.» «Okay, okay... calmati ora. Niente Priya, niente Tessa. Prenditi il tuo tempo.» Si vede che Aidan ha avuto a che fare con i bambini, perché riesce a calmarmi all'istante, unicamente con il suo modo di fare e con il suo tono di voce.

Ora voglio solo uscire da qui e riprendermi la mia vita, quella che avevo prima dell'Afghanistan, quella che avevo prima di iniziare questa *cosa* con Priya.

CAPITOLO 19

Priya

Non è la prima volta che vengo al Johnson Space Center di Houston. L'ultima volta ci sono stata per la selezione, i test fisici, quelli psicologici e una serie di formazioni che la nasa offre a tutti i candidati che passano la prima fase di valutazione. In fin dei conti a loro fa comodo avere sempre più persone da prendere in considerazione per varie missioni e magari destinarle ad altri campi di ricerca che non contemplano per forza il diventare astronauti.

Varcare le porte di vetro dell'edificio amministrativo fa però sempre un certo effetto. O almeno è quello che succede a me.

Mi presento alla reception generale e mi annuncio. No, non ho un appuntamento, dico alla receptionist. «Vorrei incontrare la dottoressa Bennet.» Parlo con nonchalance, quasi lei e io fossimo amiche da sempre.

«La dottoressa Bennet è impegnata tutta la mattina e penso per i giorni a venire. Come può pensare di arrivare qui senza un appuntamento?» La sua voce acuta mi urta i nervi.

Priya, non siamo a New York, siamo a Houston, in Texas,

quindi trattieniti. E siamo alla nasa, quindi fai la brava e inventati qualcosa.

«Sono nella rosa di candidati finali per il progetto chapea che partirà tra qualche settimana. Ho urgenza di parlare con la dottoressa Bennet, che mi conosce molto bene.»

La receptionist batte sulla tastiera, fissa lo schermo e poi rivolge di nuovo il suo sguardo su di me. «Come le ho detto, la dottoressa Bennet è impegnata e...»

«Senta, è questione di vita o di morte! Vorrei tanto spiegarle cosa sta succedendo, ma non posso» le dico, sentendomi improvvisamente una Tessa che fa danni ovunque vada. Non mi piace agire in questo modo, ma non mi farò fermare da una receptionist che sembra più interessata al suo cellulare che ai visitatori di uno dei posti più importanti sulla Terra.

«Questione di vita o di morte?» La voce a me conosciuta proviene dalle mie spalle.

Mi giro. «Dottoressa... Bennet...» Lo stomaco si contorce. Ecco, ora sì che penserà che sono una squilibrata. Un ghigno simpatico le si pianta in viso. «Che piacere vederla!» Mi affretto a porgerle la mano e a stringere la sua forse con un po' troppa foga.

«Priya Neelam... mi sorprende vederla qui a Houston» mi dice mentre appoggia una cartellina sul bancone della reception e la apre. «Cosa ha di così urgente da dirmi tanto da venire fin qui?»

«La signora qui davanti dice che è questione di vita o di morte...»

Mi giro di scatto verso la receptionist che sarà un miracolo se quando esco da questo edificio sarà ancora viva, perché o è stupida o non mi ha sopportato a pelle, fin dal mio ingresso qui. E comunque la cosa è reciproca.

«Dottoressa Bennet, lo so che è molto impegnata, che ci siamo già sentite e ha già espresso, be', il suo giudizio...» Deglutisco perché a ripensare a quel "le faremo sapere" perdo tutta la speranza che ho di rimettere a posto le cose per raggiungere il mio obiettivo. «Però ho urgentemente bisogno di parlarle.»

La guardo mentre firma dei fogli nella cartellina, che poi richiude.

Alza lo sguardo su di me e i suoi occhi sembrano trafiggermi. O almeno così li percepisco io. Non ho paura di lei, se no non sarei qui, ma mi mette in soggezione.

«Sono molto occupata, come penso che la signora Janice le abbia già detto» e con la testa indica la receptionist che ci guarda. Janice, ha pure un nome stupido questa qui.

«Lo so, ma non ho bisogno di molto tempo, io devo solo...» La sto supplicando? Certo. E non è da me. Non sono disperata, ma voglio farmi valere. Devo arrivare dove voglio. Voglio portare il mio culo su Marte, costi quel che costi. E il progetto chapea è il mio punto di partenza.

«Signora Neelam» mi blocca «non ho proprio tempo, mi dispiace. Si faccia un giro qui attorno, torni a New York e aspetti la nostra convocazione... o il nostro rifiuto.»

Spalanco gli occhi al sentire "il nostro rifiuto". Allora hanno già deciso. Allora è troppo tardi. Dovrò ricominciare tutto daccapo.

«La prego, mi dia dieci minuti. Ho una grande capacità di sintesi.» Mi sto praticamente prostrando ai suoi piedi.

«Mi dispiace che sia venuta fin qui, signora Neelam. Si faccia dare un pass da Janice, un buono per il ristorante all'interno del comparto dello Space Center, si rilassi e torni a New York. Non c'è nulla che possa fare per lei.» Mi porge la mano. «È stato un piacere rivederla. Buona fortuna per tutto.»

Se ne va e con lei vedo svanire ogni possibilità di entrare a far parte della squadra che parteciperà al primo grande progetto di simulazione della vita su Marte.

CAPITOLO 20
Dan

Aidan posteggia la sua auto sotto casa, proprio accanto alla mia moto. Scendo con non poca fatica, i dolori me li porterò dietro per qualche giorno ancora, almeno a detta del medico che mi ha fatto uscire solo dietro promessa di fare più attenzione la prossima volta che guiderò una due ruote.

Lui non sa cosa c'è dietro. Lui non sa di *lei*. E chiaramente non gli ho detto nulla: non voglio passare le prossime settimane a dover fare avanti e indietro da cliniche psichiatriche, dove mi diagnosticherebbero un disturbo da stress post-traumatico, cosa che so già di avere e che sto trattando con i miei tempi e con il dovuto aiuto.

Mi avvicino alla mia Kawasaki. Il suo nero scintilla sotto la luce del sole, che è tornato a splendere su Brooklyn. Le giro intorno, le passo una mano sulla sella e noto i graffi che, se devo dirla tutta, le danno un'aria più vissuta, più da "dura".

Una fitta mi squarcia la testa e la mente mi rimanda al frastuono poco prima dell'impatto. Nel flashback ci sono i *suoi* occhi.

Mi porto una mano al capo e me la passo sul viso.

«Ehi, fratello, tutto bene?»

«Sì, sì... è solo un altro dei dolori che mi porterò dietro per un po'» gli dico, cercando di nascondere il vero motivo della mia reazione. «Vieni su, dai. Che ti faccio un caffè.»

«Con molto piacere, però lo preparo io. Mica penserai che ti lasci qui subito tutto solo. Prima di tutto voglio vedere come sei messo, poi, se necessario, tornerò a casa» mi dice, mentre saliamo la scalinata esterna che porta all'ingresso.

«Non sono un bambino... E come farai con Emily?» chiedo inserendo la chiave nella toppa e girandola per aprire il portone.

«Emily sarà contenta di non avermi tra i piedi per qualche ora, d'altronde è comunque sotto le amorevoli cure dei miei vicini di casa, che ormai sono come dei nonni per lei e le permettono tutto.»

«Bene, allora la cavia per le tue amorevoli cure sarò io oggi?» Ridacchio ed entro nel mio appartamento, mi tolgo le scarpe e la giacca che mi ha prestato Aidan, perché quella della moto è stata sbrindellata durante l'impatto a terra.

«Amorevoli proprio no. Con te ci vorrebbe una mazza, ogni tanto...» Mi dà un buffetto sulla spalla. «Mi sono preoccupato, Dan» e chiude la porta d'entrata. «E anche tanto! Mi sono detto: ora questo bastardo mi lascerà da solo a dirigere l'*Urban Pulse Post* e tutte le magagne che lo accompagnano.»

«Ah, quindi ti preoccupavi più che altro del tuo business e non della salute del tuo amico?» Mi sto divertendo. Aidan e io ci prendiamo sempre in giro. Non abbiamo mai fatto a botte, ma so che, se un giorno dovesse capitare, è probabile che dopo dieci minuti entrambi saremmo davanti alla nostra consueta Guinness al pub irlandese a parlare di giornalismo.

«Certo!» risponde mentre mi dà una mano a svuotare la sacca. Non è stato molto a casa mia, ma si vede che è abituato a prendersi cura degli altri, nel suo caso di sua figlia, perché si ricorda bene dove stanno le cose di base. «Ora tu ti stendi a letto. Conoscendoti, vorrai già rimetterti a lavorare. Io te lo sconsiglio, ma siccome so che sei un mulo... ti porto il computer. Poi vedi tu cosa farci. Intanto, io vado in cucina e preparo il caffè. Birra bandita per qualche giorno, visto che devi prendere gli antidolorifici e devi continuare ad assumere i tuoi soliti medicamenti.»

«Sì, capo!» Faccio il saluto militare, senza oppormi. Al momento mi fa anche piacere avere qualcuno che possa darmi un po' di attenzioni. Alla fine mi rimangono solo il mio migliore amico e sua figlia, che considero una nipotina.

Mi dirigo verso il letto e mi prende una strana sensazione quando vedo che è ancora sfatto dall'ultima notte passata con Priya.

Scrollo la testa e cerco di scacciarla dai miei pensieri, ma è così radicata dentro di me che per farla andare via devo trovare un'altra soluzione.

Sprimaccio i cuscini, rimettendoli poi a posto sul letto e rivolto il piumone.

«Cosa fai? Ti metti a fare i mestieri di casa proprio ora?» Aidan spunta alle mie spalle, peggio di una spia.

«Sto... sto solo facendo prendere un po' d'aria a questo letto» gli dico rimanendo vago e poi mi siedo sulla superficie morbida. «Così è più comodo.»

Corruga la fronte ed emette un "mmm", segno evidente di quanto trovi difficile credere a ciò che gli ho appena detto.

Mi metto comodo, cerco di trovare una posizione antalgica per alleviare il dolore, soprattutto nelle zone del corpo al momento coperte da grandi ematomi, e apro il portatile.

Oh, eccolo finalmente il mio blog, la mia creatura, la mia missione di vita. Posso buttarmici a capofitto ora, senza remore. Questo penso mi aiuterà a non sentire il malessere fisico e a non pensare a *lei*. E a Priya.

Vado nella sezione dedicata all'eclissi solare e guardo il lavoro che hanno fatto Aidan e i nostri collaboratori.

«Che risultato magnifico!»

«Hai visto? Siamo proprio una bella squadra, eh?»

«È per questo che potresti anche farcela da solo con il blog» gli dico.

«Non azzardarti nemmeno a scherzarci su!» Spunta dal vano cucina con una sedia e la posiziona accanto al letto. «Ci siamo fatti il culo una volta ed è bastata. Tu sei fondamentale. Siamo tutti piccoli pezzi di puzzle che completano l'immagine insieme.»

«Ma come siamo poetici!» lo sfotto.

«Smettila» ribatte. «Invece di prendermi per il culo, concentrati e svagati. Perché ormai io lo so che per te il lavoro è svago. Nel frattempo aspetto che il caffè sia pronto, poi ti preparo le pastiglie per i prossimi giorni.»

«Ora fai pure l'infermiere?»

«No, ma non voglio sentirti ululare di dolore in ufficio e non voglio che ti dimentichi di prendere quelle medicine, le più importanti, soprattutto in questo momento.»

Non so se prendermela con lui perché ora si sta appropriando un po' troppo del mio spazio, o se commuovermi per la sua volontà di volermi aiutare a sentirmi meglio. Nel dubbio, decido per la seconda.

Lo guardo tornare di là e poi sposto di nuovo gli occhi sullo schermo.

Apro il pannello amministratore del sito e controllo le statistiche.

Rimango basito dai numeri che mi si parano davanti: l'effetto eclissi ci ha messi in un ranking molto alto. Dovrò approfittarne per parlare con l'ufficio che cura la comunicazione, il marketing e gli inserzionisti, perché in due anni di attività il blog non è mai stato così visitato.

Sono addirittura tornati in auge alcuni reportage di qualche mese fa, che non erano andati secondo le aspettative. Reportage sulle vittime di guerra, sulle varie problematiche a essa connesse e sui racconti di vita dei soldati tornati dalla polvere dell'Afghanistan o da altre parti del globo che mai avevano visto prima di entrare nei marines. Vai a capirli gli algoritmi dei motori di ricerca.

Rendall. Il suo pensiero riappare ancora e automaticamente il cuore inizia a pompare sangue e forse addirittura a sanguinare in silenzio.

«Aid, sai quando fanno il funerale di Rendall?» Non ho molta voglia di andarci, mi farebbe solo male, ma sento che devo farlo, perché come direbbe Lauryn, mi aiuterebbe a entrare nel dolore per viverlo e poi lasciarlo andare, magari insieme ad altre cose del passato.

«Era proprio un argomento che volevo affrontare con te.»

«Lo fanno qui a New York?»

Aidan annuisce. «Domani nel pomeriggio, qui a Brooklyn, al cimitero di Green-Wood.»

«Come mai a Brooklyn e non a Manhattan? Lui era residente sull'isola.»

«Sua madre, che abita a Brooklyn, ha voluto tenerselo un po' più vicino.»

La madre di Rendall, una donna che ho incrociato solo una volta in una delle mie poche visite all'ex-marine. Una donna sicuramente forte, ma con delle ferite sul cuore che ora non so se si rimargineranno mai. "Me l'hanno rovinato" mi aveva sussurrato la prima volta che sono andato lì per un reportage, mentre mi salutava sulla soglia di casa. "È partito per l'Afghanistan e non è mai più tornato. Non sarà mai più il Rendall di prima". Ricordo ancora i suoi occhi umidi e la rabbia mista a disperazione che emanavano.

«Se vuoi domani ti accompagno. Anzi, non è una proposta, ti accompagno io.» Si avvicina a me con una tazza di caffè fumante.

«Non ti preoccupare, Green-Wood non è lontano da qui.»

«Certo, lo so, ma hai sentito quello che ti ha detto il medico? Niente moto per qualche giorno.»

«Perché lui forse non sa come si guida una moto.»

«Hai bisogno di essere in forze al cento per cento per poterla guidare.»

«Una moto si tiene su da sola!» esclamo prendendo poi un primo sorso di caffè. «Questo caffè è più buono di quelli che preparo io.»

«Ho i miei segreti anche io» e sorride. «A proposito di segreti... c'è qualcosa che magari mi devi dire?»

«Riguardo a?» Mi sporgo in avanti e metto la tazza sul comodino.

«Riguardo all'incidente, a Priya... a tutto insomma!»

«Assolutamente no!» Continuo a guardare lo schermo, scorrendo in lettura veloce gli articoli delle maggiori testate che riportano la notizia della morte di Rendall.

«Non me la dai a bere. Io lo so che ti piace correre con la moto, ma so anche che non sei così sbadato da farti del male» continua lui.

«Be', un incidente può sempre capitare. D'altronde, nani docet: durante le eclissi meglio starsene in casa per ventiquattro ore...» Cerco di essere ironico, sperando che lui non continui con le sue illazioni.

«Dan» mi guarda con aria seria «io lo so che c'entra *lei* ed è okay se non vuoi parlarmene, ma fallo almeno con la tua psicologa. E cerca di andare avanti, di guarire questa ferita, se no ti perderai tutto ciò che di buono la vita ha da offrirti.»

I muscoli mi si tendono, quasi fossi in una di quelle situazioni dove o combatti o fuggi. Il mio corpo, con ogni probabilità, è da anni che è in questo stato. O combatti, o fuggi. O muori.

«E cosa perderei di così buono?» gli domando a denti stretti. Probabilmente il mio volto è cambiato, forse persino il mio atteggiamento, perché anche Aidan si è trasformato in quell'uomo risoluto che interviene quando c'è una questione spinosa da affrontare.

«Oh, lo sai di chi sto parlando!» Alza la voce e si mette in piedi. «Questo incidente non ti ha aperto gli occhi?»

«E su cosa dovrebbe avermi aperto gli occhi?»

«Che sei innamorato di Priya e lei di te!» Aidan è sempre più arrabbiato.

«Non dire stronzate. Io non sono innamorato di lei e men che meno lei di me. Non voglio più sentir parlare di lei per un po'. E poi non capisco perché tu te la prenda così tanto!»

«Perché so di aver ragione. La devi smettere di comportarti come un ragazzino alle prime cotte! Sei un uomo fatto e finito, che è addirittura andato in Afghanistan a farsi il culo, è scampato a un attacco da parte dei Talebani nel quale due persone sono morte e non ha voluto farlo sapere a nessuno tranne che al suo migliore amico!»

«E con questo cosa vuoi dire?» incalzo.

«Sto dicendo che non puoi perdere la felicità che potresti avere, perché sei ancorato a un ricordo così doloroso...» Cerca di calmarsi e si siede di nuovo. «Stai buttando via la tua occasione con la donna che è destinata a te. E quella prima o poi per Marte ci parte davvero.»

Per qualche istante ci guardiamo reciprocamente e rimaniamo in silenzio.

«Senti» mi dice poi avvicinando la sedia al letto e piegando in avanti il busto «io non so cosa si provi ad aver passato tutto ciò che hai vissuto. Posso solo immaginarlo e certe volte penso che tu sia una sorta di eroe che è tornato a casa e che si tormenta proprio come fanno quei poveri ragazzi dei quali ogni tanto hai raccontato.»

Aidan fa ancora una pausa e si guarda le mani intrecciate che gli cadono sulle gambe. Poi alza di nuovo il capo e guarda nella mia direzione. «Io ti stimo tanto... E se ci fossi stato io al tuo posto, non so come avrei reagito... Però è ora che l'eroe tormentato riemerga dal suo dolore e lo usi per costruirsi un futuro pieno di abbondanza e amore.»

Me ne sto disteso nel mio letto, quello che tante volte ha accolto tutto ciò di cui Aidan sta parlando, come ha anche accolto tanto dolore, tante lacrime e tanti sbagli.

Il portatile aperto mi riscalda le gambe.

Ho un amico accanto che ha fatto la sua sfuriata con le migliori intenzioni.

Ma io ancora non riesco a liberarmi da questa ombra, da queste nubi che avvolgono la mia vita da ormai tanto tempo.

«Andrò a parlare con Lauryn. È l'unica cosa che ti posso promettere al momento.»

«Bene. Ti fisso io l'appuntamento?»

CAPITOLO 21
Priya

Maledetta Janice, maledetta eclissi, maledetto sesso. Perché l'essere umano è così stupido da lasciarsi prendere dai suoi ormoni? Sono una donna con un qi più alto della media, una scienziata, so che sesso e amore sono facce della stessa medaglia e che sono risultati di processi chimici e fisiologici spesso ancora sconosciuti. So che sesso e amore possono essere ridotti a ragionamenti logici, scevri di qualsivoglia pensiero romantico o di forze angeliche che fanno di tutto per andare a scovare la tua anima gemella, quella che ti rincorre di vita in vita, la tua metà.

So tutto questo, l'ho studiato, l'ho letto, l'ho vissuto, eppure ci sono cascata e proprio in uno dei momenti più importanti della mia esistenza e della mia carriera.

Le sensazioni della nottata passata con Dan mi hanno indebolita e ora tutto ciò che avrò mai dalla nasa sarà questo cartellino con scritto "visitatore", qualche formazione, la pacca sulla spalla del mio capo alla Columbia con un sorrisino di circostanza per dire "ci hai provato" e morirò tra le aule dell'università. E meno male che è la Columbia, almeno quello.

Ho già camminato a lungo e visto buona parte di questo centro che raccoglie la storia dei viaggi e della ricerca spaziali. Entro nella Starship Gallery che ospita diverse navicelle e tesori nazionali. È sorprendente vedere quanti progressi si siano fatti in pochi anni nell'esplorazione umana dell'Universo. L'evoluzione in questo campo è sempre più veloce, anche e soprattutto grazie all'avanzare della tecnologia stessa che serve sempre più alle imprese umane.

In questa parte dello Space Center di Houston, si trova un pezzo di roccia lunare, che è permesso toccare.

Ricordo ancora la prima volta che mi sono trovata qui, forse è stato proprio in quel momento che ho deciso di voler diventare astronauta. La scuola che frequentavo da bambina insieme a Tessa aveva pianificato una gita proprio qui. Ero un piccolo topo di biblioteca e già mi interessavo alle stelle, ai viaggi spaziali e alla scienza in generale. Quando ci hanno dato la possibilità di toccare questa pietra unica sulla faccia della Terra, un oggetto che proveniva da oltre i confini terrestri, ho sentito qualcosa risvegliarsi dentro di me.

Mia nonna direbbe che è il mio dharma, ossia il riconoscimento da parte della mia anima di qualcosa che mi avrebbe portato a compiere il mio destino, a intraprendere la strada necessaria per realizzare il progetto divino. Per me, invece, era solo il desiderio di essere diversa, volevo essere speciale, proprio come quel masso lunare che avevo tra le mani.

E quando ho scoperto che si stava studiando per portare il genere umano su Marte, e forse anche oltre, il Pianeta Rosso è diventato il mio obiettivo.

Ho confessato a Tessa ciò che avevo deciso di fare e, dopo un suo primo "sì, ma sei ancora troppo piccola per capire veramente ciò che vuoi", mi ha detto "però ti ci vedo in un razzo a fare l'esploratrice".

Quel giorno, insieme a noi, c'era Dan, che si era accodato al nostro piccolo gruppo perché diceva di sentirsi più a suo agio con noi che con i cosiddetti figli di papà. Al pensiero di Dan, sento un calore al cuore, qualcosa di simile a uno sfarfallio nello stomaco, e le immagini di noi due nell'ultimo periodo inondano la mia mente.

I pensieri vengono bloccati da una grande mano che mi tocca la spalla. Mi giro e nella penombra della Starship Gallery vedo un omone in giacca e cravatta che è più alto di me di almeno trenta centimetri. «È lei Priya Neelam?» Mi rivolge la domanda con un tono militaresco.

«Chi lo vuole sapere?» gli chiedo con un filo di voce. Non mi faccio intimorire, non ho paura, d'altronde sono in uno dei posti più sorvegliati al mondo.

«Signora Neelam, mi segua per favore» e mi si piazza davanti.

«Mi scusi, ma se non mi dice dove dobbiamo andare, io non la seguo proprio da nessuna parte» protesto puntando i piedi.

«Signora Neelam, non mi faccia tirare fuori il distintivo. Faccio parte della sicurezza del complesso del Johnson Space Center e mi è stato ordinato di seguirla e riportarla al centro amministrativo non appena possibile.»

«Seguirmi? Riportarmi al centro amministrativo?» Sgrano gli occhi.

«Questo è il mio ultimo invito a seguirmi. Se non lo farà di sua spontanea volontà, sarò obbligato a prelevarla con la forza» continua a spiegarmi, quasi fosse un robot e non un essere umano.

«Ehi, ehi, ehi... okay. Preserviamo la forza per altre cose, la seguo.»

«La prego di rimanere accanto a me e di precedermi di qualche passo, così che io possa tenerla sott'occhio» mi dice ancora.

Un robot sarebbe stato più umano.

Uso il tempo che trascorre mentre mi riporta all'edificio amministrativo per cercare di capire il perché di questa incursione da parte della sicurezza del centro spaziale.

Forse Janice si è lamentata per qualcosa e tutti sono accorsi in suo aiuto per braccare la cattiva newyorchese di origini indiane che l'ha in qualche modo minacciata.

Oppure è stata direttamente la Bennet a farmi seguire, per vedere cosa combinavo e mettermi ancora di più alla prova.

Mi ritrovo a varcare di nuovo la porta a vetri e a incontrare per la seconda volta lo sguardo di Janice, che con il suo ghigno sembra dirmi "qui comando io".

«Signora Neelam, mi segua.» L'agente di sicurezza mi porta all'ascensore e con una chiave seleziona il piano più in alto.

«Mi sta portando dalla dottoressa Bennet?» chiedo, iniziando a percepire quella reazione chimica chiamata panico.

Lui non mi guarda nemmeno.

L'ascensore suona, le porte si aprono e mi ritrovo nell'atrio di un grande open space, nel quale si avvicendano una decina di persone in giacca e cravatta, con vetrate che danno su tutto il complesso. Da qui, in una posizione abbastanza centrale, posso vedere la distesa di alberi, case e lingue di cemento che caratterizza questa zona degli Stati Uniti.

«La prego di attendere qui. Verranno a prelevarla. Le auguro un'ottima giornata qui presso il nostro centro aerospaziale» e si congeda da me con un mezzo inchino.

Mi guardo intorno e inizio a fantasticare su quanto possa essere entusiasmante lavorare in un posto del genere. Ogni giorno hai tra le mani materiale di progetti segreti che il grande pubblico forse non conoscerà mai. Sei parte di quel meccanismo che ha permesso di portare l'uomo sulla Luna e che ora sta pianificando l'esplorazione di Marte.

«Signora Neelam, ci incontriamo di nuovo.» Sento il mio nome e mi giro di scatto: quasi non posso crederci.

«Dottoressa Bennet...» La guardo di sbieco, ci stringiamo la mano e non riesco a capire cosa significhi tutto questo.

«L'ho fatta seguire per far credere a Janice che non avessi tempo per lei. Non voglio che le persone mi considerino troppo disponibile. Ma quando poco fa l'ho vista alla reception la cosa mi ha colpito, anche se ancora non so cosa ci faccia qui» mi dice con la sua ineluttabile eleganza. «Venga. Ne parliamo nel mio ufficio.»

Mi fa segno di seguirla e di entrare da una porta. «Laura, per favore non sono reperibile per nessuno» dice alla sua segretaria personale, seduta alla scrivania fuori dall'ufficio.

«Certo» le risponde Laura.

Un po' di quel sentimento chiamato fiducia inizia ad affacciarsi di nuovo tra i miei pensieri. Se la dottoressa Bennet ha fatto tutto questo per parlarmi, vuol dire che forse qualcosa di buono accadrà.

Mia nonna direbbe che l'Universo sta mettendo a posto le cose e mi sta dando la possibilità di fare ciò per cui sono nata, io invece dico che spesso sono la mia faccia tosta e la mia determinazione a farmi arrivare dove voglio.

«Si accomodi.»

Ci sediamo entrambe su due divanetti vis à vis all'interno di un ufficio luminoso e spazioso, pieno di riconoscimenti per le ricerche e per le missioni che la Bennet ha compiuto.

«Bene, ha a disposizione i suoi dieci minuti.»

Guarda l'orologio, un Rolex da uomo – adoro questa donna! –, e poi mi sorride.

«Dottoressa Bennet, sono consapevole che l'altro giorno il colloquio non sia andato nel migliore dei modi, ma se sono venuta fin qui è per dirle che sono la persona giusta per il progetto chapea. Oltre alle mie qualifiche accademiche e di ricerca, il mio obiettivo – come ha avuto modo di scoprire in queste settimane di formazione e selezione – è dare la mia vita per andare su Marte. E sono convinta che il primo passo da compiere sia partecipare a un progetto come la missione chapea, che permetterà di raccogliere una moltitudine di dati da usare durante le prime missioni con equipaggio che andranno sul Pianeta Rosso.»

La Bennet mi sta osservando, o meglio analizzando.

«Tutto qua?» mi chiede. «La sua capacità di sintesi è veramente molto buona, signora Neelam.» Ridacchia e la cosa mi fa rilassare un po'.

Le sorrido di rimando e riesco a sentire una sorta di connessione tra noi due.

«Priya» mi chiama. «Posso darti del tu, vero?»

«Certo, dottoressa Bennet!» Certo che puoi darmi del tu, sei una delle mie icone. Puoi chiamarmi come vuoi.

«Ho la sensazione che tu e io abbiamo molto in comune. Leggendo il tuo curriculum e studiando un po' come ti sei mossa negli ultimi anni, le ricerche che hai svolto e gli articoli scientifici che hai scritto e pubblicato, rivedo in te me stessa quando ero giovane. Perché ti dico questo? Perché forse intuisco ciò che ti sta accadendo e, se mi sbaglio, ti prego di perdonarmi. Ma come responsabile del progetto chapea e quindi incaricata della selezione dell'equipaggio che vi parteciperà, mi permetto di fare determinate osservazioni se il mio intuito viene stuzzicato. E con te è successo sin da subito e l'altro giorno ne ho avuto la conferma.»

L'unico gesto che riesco a fare è quello di annuire. Sono rapita da come si esprime, ma sto morendo dalla curiosità di capire dove voglia andare a parare.

Si sporge con il busto nella mia direzione. «Priya, tu sei fatta per andare su Marte e se continui così, finché sarò a capo di determinate operazioni alla nasa, posso giurarti che sarai scelta per la prima missione con equipaggio che ci andrà. C'è però una cosa che devi comprendere prima di avventurarti in tutto questo, e per tutto questo intendo anche il progetto chapea.»

Il cuore mi balza in gola. Allora ce la sto facendo. Allora ce l'ho fatta!

«Di cosa si tratta?» chiedo con il fiatone di una che ha appena corso una maratona. Poche cose mi hanno veramente emozionata nella vita, e questo è uno di quei rari momenti.

«Ne parliamo mentre ti porto in via eccezionale a vedere i lavori di costruzione dell'habitat?»

«Intende...» mi fermo per qualche istante perché non ci posso ancora credere «... l'habitat del progetto?»

Lei annuisce, si alza e si dirige verso la porta. «Allora? Non vuoi vedere dove passerai ben trecentosettantotto giorni della tua vita?»

CAPITOLO 22

Dan

Sono passati pochi minuti da quando Aidan ha lasciato il mio appartamento, e già sento il bisogno di abbandonarmi a uno di quei sonni depressivi che conosco fin troppo bene e nei quali cerco conforto.

Si è premurato di riempirmi il frigorifero, sistemare le medicine e persino portarsi via la biancheria sporca, che laverà lui stesso. Non deve essere semplice fare il padre single.

Prima di andarsene, mi ha fatto promettere di non ricadere in una spirale di autodistruzione, almeno non ora, in un momento tanto cruciale. E sì, è davvero un momento decisivo.

Ci sono situazioni nella vita che ti obbligano a scegliere: o ti fanno aprire gli occhi, portandoti a comprendere l'importanza di certe cose, oppure ti spingono ancora più a fondo nel baratro. Ora mi trovo su un filo sottile, in equilibrio, incerto se resistere o lasciarmi andare ancora una volta per vedere dove mi condurrà.

Aidan conosce molti dei miei segreti. Ha fatto sparire tutto l'alcol che è riuscito a trovare in casa, ma ignora che ho un piccolo nascondiglio. Lì tengo una bottiglia di scorta per quei momenti in cui sembra che nulla abbia più senso. Non bevo tanto, ma ne basta poco, unito a un paio di pastiglie, per mandarmi k.o. e rifugiarmi in un mondo di sogni abbastanza a lungo da farmi dimenticare tutto.

Non mi sono mosso dal letto e, mentre lui girava per casa nella speranza di renderla più accogliente, ne ho approfittato per smaltire le e-mail e rispondere ad alcune che ancora non erano state elaborate.

Una cosa che mi ha tirato su il morale e dato un po' di carica è stata l'e-mail di un nostro inserzionista, un ragazzo che ha appena aperto una start-up nel campo dell'intelligenza artificiale. Si è complimentato con noi per la copertura data all'evento astronomico dell'anno.

Peccato, io non c'entro nulla e ho trascorso i momenti dell'eclissi in un letto d'ospedale, privo di sensi.

Chiudo il laptop, lo poggio sul comodino e mi lascio scivolare sotto le coperte. Le botte che ho preso si fanno ancora sentire a ogni minimo movimento. Il dolore è però attutito dalla quantità di medicinali che mi hanno prescritto.

Chiudo gli occhi e inspirando sento il suo odore.

No, non devo pensarci. Quella donna porta solo ulteriore stress nella mia vita. Come posso anche solo pensare di avviare qualsiasi tipo di relazione con una che sparisce dopo un semplice litigio e una notte di sesso? Come posso pensare di amare una donna il cui unico interesse è quello di lasciare questo maledetto pianeta?

Apro gli occhi e stringo le dita attorno al piumone così forte che le nocche impallidiscono.

Vattene. Non voglio più averti nella mia vita.

Il corpo si irrigidisce, immergo il viso nel cuscino e lascio uscire tutto ciò che ho dentro. L'urlo è ovattato, ma è così forte che mi brucia la gola.

Il petto si alza e si abbassa.

«Priya deve uscire dalla mia vita, devo disintossicarmi da lei...» mi dico, mentre con lentezza mi alzo dal letto con le movenze di una persona che ha appena avuto un incidente.

Vado in bagno e mi abbasso per aprire il mobiletto sotto il lavandino. Sposto i rotoli di carta igienica posizionati in modo strategico e ritrovo la boccetta di Jack Daniel's che mi accompagna ormai da quando sono tornato dal mio viaggio di fuoco e polvere.

«Un solo goccio» sussurro a me stesso. La apro, me la porto alla bocca e mi dirigo di nuovo a letto.

Il mio corpo è pesante e dolorante. Un goccetto non potrà farmi così male.

Mi stendo e ne prendo ancora un po', dopodiché mi metto di nuovo sotto le coperte in attesa che i processi fisiologici facciano il loro dovere e mi facciano addormentare prima che io me ne accorga.

In fondo, non sto facendo male a nessuno.

La sensazione è piacevole, il corpo e la mente sono più leggeri. Mi metto in posizione fetale accoccolandomi sotto le coperte.

Gli occhi diventano pesanti e sento che sta per arrivare il sonno.

Driiin. Driiin.

Salto quasi per aria quando sento il cellulare squillare.

Mi ricordo, però, che il mio è stato distrutto e non me ne sono ancora procurato uno. Eppure qualcosa sta suonando con insistenza.

Di malavoglia, mi alzo dal letto e cerco di capire da dove provenga quella melodia che mi sta logorando i nervi.

Giro per tutta la stanza, poi mi reco in cucina ed eccolo lì: poggiato sopra il frigorifero.

È uno smartphone di seconda categoria. Se lo sarà dimenticato Aidan?

Lo prendo in mano e rispondo.

«Come stai, amico?»

«Aid?»

«Chi vuoi che sia?»

«Allora è tuo il cellulare! Mi hai fatto prendere un colpo!» Con la lentezza di un bradipo e l'agilità di un ottantenne mi rimetto a letto.

«In realtà è il tuo. Ti ho attivato un numero a mio nome per i prossimi giorni, poi vedrai tu cosa farci.»

«Io... grazie Aid! Non dovevi» gli dico, improvvisamente conscio di quanto io sia stato stupido a pensare di lasciarmi andare di nuovo, quando c'è qualcuno che si prende cura di me, che mi vuole bene e che desidera solo il meglio per me.

«Figurati! D'altronde come fa un reporter senza cellulare? E poi devo tenerti d'occhio! Tra l'altro, ti ho preso appuntamento con Lauryn per domani mattina.»

«Quindi il tuo gran faccione mi accompagnerà da lei domani?»

«No, io verrò a prenderti nel pomeriggio per andare al funerale di Rendall.» Già, il funerale. «Lauryn verrà direttamente a casa tua per la seduta. È una cosa che ha proposto lei, dopo che le ho detto dell'incidente.»

«Okay, grazie fratello» gli dico.

Con un amico come Aidan e una terapista come Lauryn andrà tutto meglio.

Voglio farcela. Devo farcela e non per qualcun altro, ma per me stesso.

CAPITOLO 23
Priya

«Ecco il Mars Dune Alpha, la struttura che simulerà l'habitat di Marte, progettata per supportare missioni esplorative di lunga durata.»

Mi ritrovo davanti a una struttura non ancora terminata, che sembra fatta di terra cotta e ha alcuni spazi all'interno che sembrano quelli di un normalissimo appartamento.

«Il tutto è stampato in 3d ed è stato pensato per tenere separate le aree dove si mangerà, si studierà e si riposerà e quelle per lavorare e fare gli esperimenti». La Bennet continua a descrivermi ciò che i miei occhi stanno osservando.

Ancora non riesco a capire come una struttura del genere possa ospitare una tappa così importante nella ricerca per andare su Marte, ma la nasa sa ciò che fa. Non mi resta altro da fare che aspettare la documentazione ufficiale del progetto chapea.

«Sei la prima della futura crew a vederlo». Mi sorride. Da quando ha deciso di darmi del tu, la Bennet sembra più umana ai miei occhi.

«Quindi è qui dentro che passerò più di un anno...» Metto una mano sulla parete esterna.

La Bennet annuisce. «Va da sé che, anche se ancora non posso darti ufficialmente la notizia, farai parte della Crew Health and Performance Exploration Analog.» Mette una mano sulla mia spalla e me la stringe.

«Ma prima non doveva dirmi qualcosa di molto importante, dottoressa Bennet?» le chiedo con gli occhi umidi. Tanta bellezza si prospetta davanti a me, per il mio futuro e per quello di tutta l'umanità.

Iniziamo a dirigerci verso la porta d'uscita dell'hangar dove stanno costruendo la struttura. Mi giro indietro per qualche attimo, solo per assaporare la consapevolezza che la prossima volta giungerò qui per entrare nella missione analoga: saranno presenti tutte le alte cariche della nasa, ex-astronauti che hanno fatto la storia e anche la stampa specializzata.

«Priya, andiamo» mi dice dolcemente lei. «Vedrai queste mura così tanto che ti verrà la nausea.»

«No, non penso proprio...» mormoro. Perché tutto ciò che ha a che fare con il mio obiettivo di andare su Marte non mi farà mai venire la nausea. «Allora, cosa desiderava dirmi? Qualche raccomandazione? Qualche suggerimento o monito?»

«Forse qualcosa che riassume un po' tutto. Come detto prima, Priya, mi rivedo molto in te. Donne come noi sono fatte non solo per andare su Marte, ma per arrivare ai confini dell'Universo. C'è una cosa, però, che potrebbe non accomunarci.»

Fa una pausa mentre chiede di aprire il portone, e attraversiamo i controlli di sicurezza per uscire all'aperto, dove il sole comincia ad accecarmi.

«E cosa sarebbe?» chiedo con le mani che iniziano a sudarmi.

«Tu hai quella tenacia che ti permetterà di avere tutto. Questa non è una valutazione psicologica, ma il mio istinto di donna mi dice che nella tua vita c'è qualcuno di importante. Mi sbaglio?» mi chiede con lo sguardo che fende parte del mio cuore.

«No, non ho nessuno al momento. Voglio dedicare la mia vita alla scienza e alla ricerca per e su Marte. Non ho tempo di avere relazioni o cose del genere» rispondo tutto d'un fiato, quasi dovessi giustificare la mia posizione sociale. Non diventerò come vuole la mia famiglia. Ho scelto la scienza e niente e nessuno potrà fermarmi.

La Bennet mi guarda di nuovo di sbieco. Lei sa che sto mentendo, lo percepisco. Me ne accorgerei anche io. Sì, lei e io abbiamo molto in comune, non solo buona parte del curriculum.

«Ad ogni modo, cara Priya, se hai qualcosa da mettere a posto con qualcuno, qualche questione da risolvere, fallo prima di entrare in missione. Chi ti ama davvero rispetterà le tue scelte, ti attenderà e rimarrà al tuo fianco. Lo farà nonostante la tua assenza. Sia qui sulla Terra, sia durante la tua presenza, un giorno, su Marte.» La Bennet mi guarda negli occhi e nel suo sguardo vedo qualcosa che non avevo mai notato in precedenza: un barlume di rimpianto?

Appena si rende conto che la sto osservando, sposta lo sguardo in un'altra direzione.

Rimango in silenzio, ma forse lei ha colto qualcosa che io preferisco non riconoscere.

Mi ridesto da questo momento grazie al cellulare che suona: Tessa. Non posso ignorarla.

«Scusi, dottoressa, ci vorrà solo un attimo.» Mi allontano di qualche passo.

Faccio scorrere il dito sul display del cellulare e prendo la chiamata.

«Finalmente riesco a trovarti! Ma dove diavolo sei finita?» Tessa non è arrabbiata, piuttosto dal suo tono traspare preoccupazione.

«Scusami, Tess» le dico non potendo reprimere la felicità di ciò che sto per dirle. «Sono a Houston.»

«Houston, Texas?» chiede lei attonita. «Quel posto da dove si dice "Houston, abbiamo un problema"?»

Ridacchio. «In realtà quello lo si dice dallo spazio... ma, sì, comunque è quella Houston!»

«Ma quindi ti hanno preso alla chapea?» urla non potendo contenere la gioia, tanto che devo allontanare il telefono di qualche centimetro dall'orecchio.

«È stata una strada parecchio tortuosa, ma... sì, farò ufficialmente parte della missione chapea!»

«Lo sapevo! Lo sapevo!» La immagino mentre saltella. «Pri, è incredibile! Questo è il primo passo verso qualcosa di straordinario!»

«Già, mi sono impegnata molto per questo momento, però ancora mi sembra tutto così strano...» Do un'occhiata in direzione della dottoressa Bennet e vedo che guarda l'orologio.

«Senti, Tess. Ti prometto che ti racconterò tutto non appena tornerò a New York. Ora però la mia selezionatrice mi sta aspettando per finire il tour di spiegazioni.»

«Vai, vai, non ascoltare me! Fammi sapere poi quando torni!» Il suo tono trasuda ancora entusiasmo.

Con ogni probabilità, Tessa farà uno più uno e si renderà conto che non potrà continuare ad affidarsi a me per il lavoro a *Influencer per Amore*. So che dovrò affrontare l'argomento con lei in modo sincero e aperto, soprattutto per convincerla che anche senza di me, il podcast e tutto ciò che vi ruota intorno potranno funzionare alla grande sotto la sua sola guida. In fin dei conti, quella è la sua creatura.

Mentre io sto per chiudere questa porta, sento che un intero universo sta aprendo i suoi portoni per me.

Ma prima c'è ancora una cosa che devo fare.

CAPITOLO 24

Dan

Ancora in parte dolorante e dopo una bella dormita, per la quale ringrazio il whiskey di ieri, mi sforzo di alzarmi più presto del solito per avere il tempo, nonostante la lentezza data dai dolori, di controllare che tutto sia in ordine, di farmi la barba e la doccia, arieggiare l'appartamento e preparare del caffè fresco per quando arriverà Lauryn.

Oggi sarà una giornata intensa, ma una cosa che ho imparato è che dall'intensità, sia essa buona o meno, nasce sempre qualcosa per cui vale la pena andare avanti.

Mentre sto preparando il completo da mettere nel pomeriggio per dare l'estremo saluto a Rendall, suona il campanello.

Vado alla porta e guardo fuori dallo spioncino. È lei. Mi osservo nello specchio dell'entrata, neanche fosse qui per un primo appuntamento, ma desidero mostrarle che voglio fare passi in avanti. Voglio mettercela tutta e guarire annientando questa grande nuvola nera nel cuore. Il demone che vive dentro di me verrà sconfitto presto.

«Dan!» mi saluta lei abbracciandomi. «È bello vederti!

Quando il tuo amico mi ha chiamato, ho capito che qualcosa non funzionava... ed eccomi qui.»

«Ciao Lauryn, grazie per essere venuta» le dico.

Ci diamo del tu. È solo qualche anno più vecchia di me, ma i ragionamenti che ha sempre fatto con me denotano una grande maturità, a livello professionale e soprattutto umano. Non siamo intimi, né ci definiamo amici – un professionista non dovrebbe infatti mai essere amico di un paziente –, ma io la considero un po' come una sorella maggiore, e non penso che lei questo lo sappia.

«Allora, immagino tu debba raccontarmi un sacco di cose.» Si toglie la giacca in pelle e me la dà.

Entra nell'appartamento e si guarda intorno.

«Bel posticino» commenta. «Posso sedermi lì?» Indica il tavolino del soggiorno, che però ospita gran parte del mio studio.

«Certo, accomodati» mi affretto a spostarle la sedia.

«Grazie. Ti trovi bene qui? È un bel quartiere...»

«In effetti lo è e questa zona dicono stia diventando la nuova Manhattan. Prezzi compresi» commento e intanto mi sposto in cucina. «Vuoi un caffè?»

«Non si rifiuta mai una buona tazza di caffè» mi dice lei dal soggiorno.

«E poi, questo è un appartamento ad affitto bloccato. Il proprietario, non so per quale gioco del destino, non può aumentare la pigione.» Verso la bevanda nelle tazze e le porto di là.

«Grazie» ne prende una e se la porta alla bocca. «Allora,

Dan, come stai?» Appoggia la tazza sul tavolo e si mette comoda, nella posizione che mi piace definire della psicologa.

«Bene» le rispondo d'istinto. Lei mi guarda e corruga la fronte. «Già, è una risposta che do sempre. È chiaro che se sei qui, è perché ho bisogno di supporto.» Abbasso lo sguardo. Sto giocando con le dita.

«Aidan era molto preoccupato. Io so che lui sa, ma per segreto professionale chiaramente non gli ho detto nulla.»

«Certo... Aidan è l'unico a sapere quasi tutto.»

«Sì, di questo abbiamo già parlato diverse volte. Ma iniziamo dall'altro giorno e poi andiamo a ritroso: cosa ti è successo?»

«Ero in moto e ho avuto un incidente» inizio a raccontarle.

«Questo lo so, Dan» mi risponde lei prendendo un altro sorso di caffè e tenendo la tazza in mano.

Ci guardiamo e non posso fare a meno di lasciarmi andare del tutto con lei.

«L'ho vista...» Faccio una pausa, bevo il caffè e guardo il liquido marroncino nella tazza, nella speranza che i suoi micromovimenti riescano a calmare le impetuose onde che si infrangono sulle rive della mia mente con il loro fragore. «Ho visto *lei*» e le braccia iniziano a tremarmi.

È quasi liberatorio dirlo.

«Ti si presenta ancora spesso?»

«Ultimamente sì, parecchio.» Annuisco e sento gli occhi bruciare. «È come se dovesse dirmi qualcosa. Spesso è lì, con i suoi lunghi capelli neri al vento e cerca di comunicare con me, ma io non riesco a capire.»

Prendo un grande respiro, nel tentativo di evitare che le lacrime fuoriescano dai bordi degli occhi.

«L'hai vista anche prima dell'incidente, allora...»

Annuisco senza spiccicare parola perché, al momento, mi è impossibile.

«E cosa stava facendo?» mi chiede ancora lei.

Deglutisco a forza il masso che mi si è conficcato poco sotto il pomo di Adamo e cerco di formulare una risposta nella mia mente.

«Era semplicemente lì, sul ponte, che mi guardava. Ancora i capelli al vento, ancora i suoi occhi che sembrava volessero dirmi qualcosa.»

«Cosa pensi sia successo perché lei ti appaia di nuovo con così tanta frequenza?»

«Io lo so bene cos'è successo, ma c'è una parte di me che non vuole ammetterlo.»

«La tua marziana...» Sorride lei, inclinando la testa a lato.

Annuisco di nuovo.

«Aidan mi punzecchia spesso, ma nemmeno lui sa quanto sia vero ciò che mi dice riguardo alla nostra relazione.»

«Dan, voglio porti una domanda.»

«Spara» la invito a parlare, cercando di calmare il casino che ho in testa e nel petto.

«Cosa succederebbe se tu parlassi senza filtri a Priya dei tuoi sentimenti per lei?»

«Sarebbe il caos. Lei e io non siamo fatti per stare insieme, insomma, io ancorato quaggiù a cercare le storie di vita più disparate e disperate e lei invece con la testa non solo su Marte, ma ancora oltre, già tra le stelle!» Mi fermo un attimo, dopo aver scaraventato le parole di getto fuori dal mio stomaco. «Se ci fosse la possibilità di andare a esplorare i buchi neri, lei si candiderebbe per quel genere di missioni, le più pericolose.»

«Ed ecco il punto!» Lauryn si ringalluzzisce di botto e schiocca le dita.

«Cosa intendi dire?»

«Tu hai paura di perderla...»

«Be', quello un po' lo so già.»

«Come descriveresti Kate?»

Sentire di nuovo pronunciare il suo nome è come tornare indietro a quell'esatto momento. Mi metto la testa tra le mani quasi il suo nome fosse composto da vibrazioni che mi mandano in pappa il cervello e le orecchie e mi piego in avanti sulle gambe.

«Stai usando una sorta di terapia d'urto?» chiedo a Lauryn con la voce di uno che sta combattendo contro il dolore. «Lo sai che quando sento quel nome io... io...» e inizio ad ansimare.

«Sì, Dan. Devi confrontarti con questo stadio di dolore. Perché l'unico modo per uscirne è passarvi attraverso.» Mi mette una mano sulla spalla. «Va tutto bene, Dan. Sei al sicuro nel tuo appartamento a Brooklyn, fuori splende il sole e sei con la tua psicologa preferita» continua con un tono di voce che sembra velluto.

«Non ce la farò mai...» dico a scatti. «Io voglio guarire ma ogni volta sembra peggio...»

«Perché il dolore è fatto a strati. Come una cipolla...» Mi sorride ancora con fare materno.

Tolgo le mani dalla testa e ritorno in posizione seduta. Devo dare risposte alle sue domande, devo riuscire a superare questo momento, anche quando fa male, anche quando il dolore mentale mi squarcia l'essere.

«Lei... lei era una donna determinata, sapeva ciò che voleva. C'era qualcosa da fare? Lo faceva. Bisognava andare a prendere testimonianze in un luogo che era appena stato bombardato? Non ci pensava due volte.» Inizio a raccontarle di quella ragazza che mi aveva fatto perdere la testa, della quale mi ero innamorato mentre ero nel posto più buio della Terra.

Lauryn annuisce facendomi segno di andare avanti.

«Era testarda, a volte addirittura stronza. Non badava ai romanticismi. La prima volta che siamo stati insieme è riuscita a dirmi: "Se dovessimo continuare su questa strada, sappi da subito che non sono una da casa e figli, ma da prendere e partire nell'arco di pochi minuti senza aver fatto la valigia per rincorrere una storia da raccontare". Era così Kate.»

«Determinata, testarda, indipendente...» Lauryn mi guarda con un'espressione che non riesco a decifrare del tutto. C'è molta compassione nel suo sguardo e un sorrisino che cela il suo pensiero.

«Sì, proprio così...»

«Che desidera la carriera, che desidera rincorrere i suoi sogni, i suoi obiettivi, che non vuole per forza legarsi a qualcuno.»

Annuisco ancora. «Stai ripetendo ciò che ti ho detto io...» le faccio notare.

«Certo. Non riconosci nessuno, nella tua vita presente, che abbia le stesse identiche caratteristiche di Kate?»

«No» dico secco. E invece sì. Certo che riconosco qualcuno. Qualcuno però che è parecchio egoista.

«Dan.» Lauryn si sporge verso di me, dopo aver appoggiato sul tavolo la tazza di caffè ormai vuota. «Te lo dico non solo da persona che conosce ormai un po' la tua psiche e il tuo vissuto, ma da amica, forse addirittura da sorella maggiore: non-dire-stronzate. Lo sai a chi mi riferisco.»

Certo, come potevo credere di tenerglielo nascosto.

Ci guardiamo. Lauryn mi legge dentro come poche persone sanno fare.

«E cosa dovrei fare allora? Eliminare Priya del tutto dalla mia vita per liberarmi di ciò che mi porta il ricordo di Kate?»

Lauryn si stampa in volto un sorriso che non fatico a interpretare. «Devi fare proprio il contrario, Dan. Devi parlarle, mettere le carte in tavola e finalmente vivere ciò che c'è tra di voi.»

«Tra di noi ormai non c'è più nulla. C'era sesso. C'era amicizia. E la sera prima dell'incidente abbiamo chiuso.»

«Cosa è successo?»

«L'ho definita "la mia marziana" e ha iniziato a sputare sulla nostra amicizia, e a giurare che lei non sarà mai di nessuno» le spiego. Ogni cosa ha la sua scadenza, anche questa "cosa" con lei.

«E quindi non la vedi e non la senti dall'altra sera? Hai provato a contattarla?»

«In realtà dopo la nostra lite siamo finiti a letto, ma quando mi sono svegliato non c'era più. Le ho scritto poco prima dell'incidente, perché volevo sapere com'era andato un suo colloquio di selezione per poter partecipare alla prima missione di simulazione della vita su Marte che la nasa farà partire l'anno prossimo, ma non ho ricevuto risposta.»

«O magari lei ti ha risposto, ma al numero che non hai più.»

È vero, ha ragione. Magari sta cercando di contattarmi.

«Dovresti parlarle. Prendi il rischio di dirle come ti senti. E lei farà lo stesso con te. Solo in questo modo potrai liberarti di Kate e ricordarla per ciò che è stata e non per cosa le è successo.»

Non sono sicuro di volerlo fare. Lo so, è un peccato lasciare cadere tutto così, ma prima dovrò vedere come mi sento.

«Siccome con te ci vuole la terapia d'urto» e mi fa l'occhiolino «domani alla stessa ora passerò ancora qui. Aidan mi ha detto che questo pomeriggio sarà emotivamente molto intenso per te.»

«Okay, volentieri. Forse domani sì, avrò bisogno di te. Non so come reagirò al funerale.»

«Troverai le risorse per passare attraverso il tuo dolore e io sarò al tuo fianco per farti da guida» mi dice lei mentre si alza e si prepara per andare via.

La vita mi avrà tolto tanto, ma avendomi dato Aidan e Lauryn, buona parte del debito è stata saldata.

CAPITOLO 25
Priya

È raro che io mi senta stanca come in questi ultimi giorni. È ormai da due anni che sto cercando di adattare il mio stile di vita alle esigenze della mia futura carriera da astronauta. Esercizio fisico, alimentazione e meditazione ne sono i fulcri principali. Oggi, però, forse un po' per le emozioni che non sono così abituata a fare scorrere e un po' per il viaggio tra New York e Houston, mi sento uno straccio pronto per essere gettato nel cestino.

Sono a Brooklyn e sono venuta qui per un semplice motivo: parlare con Dan. Ho provato a chiamarlo, ma ha il cellulare sempre spento. Okay, io non mi sono più fatta sentire, non gli ho più fatto sapere com'è andata la questione dell'ammissione alla chapea, ma staccare del tutto il cellulare mi sembra un po' esagerato.

Nessuno sa che sono qui, anche perché mi vergogno di ciò che sto facendo: andare sotto casa del proprio amico di letto e braccarlo per potergli parlare è una mossa da stalker.

Certe cose meglio vederle nascere e morire in solitaria.

Sono all'angolo della strada dove abita Dan e mi sento come

uno di quegli agenti in incognito che osservano senza farsi vedere. Ma cosa diavolo mi prende?

Io sono coraggiosa, perché mi sto comportando in questo modo? In fin dei conti, ancora prima che amanti, siamo amici e non ho nulla da perdere. Tra qualche settimana partirò per la missione e per più di un anno non dovrò più preoccuparmi di tutte queste menate alla *Influencer per Amore*.

Parto in quinta e imbocco la sua via quando mi squilla il telefono. Il nome di Tessa s'illumina implacabile e senza sosta sul display. No, non posso affrontare anche lei, oggi non ce la posso fare. Una cosa alla volta. Fatto Dan, chiamerò Tessa e parleremo del mio non-futuro a *Influencer per Amore*, sebbene i sensi di colpa per non averglielo detto prima si stanno moltiplicando.

Mando la chiamata alla segreteria telefonica e subito dopo mi giunge un suo messaggio.

Tessa

Ti prego, rispondi. Ho bisogno di parlarti. È urgente. Grazie.

Ora devo assolutamente concentrarmi su Dan. Blocco il cellulare, lo rimetto nella tasca posteriore dei jeans e mi avvio verso la scala esterna che porta al suo appartamento.

La porta si apre ed eccolo lì, Dan. Sembra diverso da altre volte. Mi fermo qualche nanosecondo a guardarlo e poi d'istinto mi nascondo in un sottoscala dal quale posso comunque scrutare il suo portone. Sì, mi sto vergognando di ciò che sto facendo.

Oddio, non è solo! Dall'ingresso esce una ragazza: slanciata, un bel corpo, capelli corvini corti e lucenti, con una piega che farebbe invidia a Tessa e... aspetta, ma sta abbracciando Dan!

Il cuore mi sale in gola e non succede spesso. Le mani iniziano a tremarmi e sento un nodo allo stomaco. Lei gli passa una mano sulla nuca e gli dà un bacio sulla guancia, che poi accarezza con movenze che mostrano una grande tenerezza.

Okay, la cosa non dovrebbe interessarmi, d'altronde noi siamo solo amici di letto e gli amici di letto possono avere altri amici di letto, o no?

Lei con il suo corpo slanciato e perfetto scende le scale e si avvia dalla parte opposta alla mia, mentre io rimango nel sottoscala per qualche istante, fino a quando Dan non rientra in casa, ma soprattutto fino a quando la reazione che ha scosso il mio corpo non si attutisce.

Già, perché so che ci vorrà parecchio per dimenticare ciò che ho appena visto.

E c'è un motivo che spiega questo genere di reazione fisiologica che mi terrorizza nel vero senso della parola.

Non mi sogno neanche di pronunciarlo a me stessa.

CAPITOLO 26
Dan

È il primo giorno di lavoro in ufficio dopo l'incidente e sto prediligendo carta e penna al computer; se lavoro troppo davanti allo schermo, la testa inizia a ribellarsi provocandomi forti dolori, che non mi permettono più di concentrarmi su ciò che devo fare.

Mi ci è voluta quasi una settimana per riprendermi dal funerale di Rendall. Lauryn è venuta tutti i giorni a casa mia a fare terapia. Ogni giorno che passa, il fardello si fa un po' più leggero. Non di molto, ma quel tanto che basta per rendere il peso più sopportabile.

"Ogni cosa a suo tempo", così mi dice sempre lei.

Ora, però, sento che è il momento di prendere in mano le redini del mio cuore.

Oltre che con lei, ne ho parlato pure con Aidan. Per lui la cosa è chiara: Priya e io dobbiamo stare insieme, siamo fatti l'uno per l'altra e anche se io non volessi una storia con lei, o se non fossi ancora pronto, la questione è parlarne. Proseguire in questo modo, "a singhiozzo" come l'ha definito lui, tra schermaglie, arrabbiature, tira e molla, col tempo sta compromettendo la nostra amicizia.

«Dovete avere la maturità di parlarne a viso aperto. Magari è proprio arrivato il momento, soprattutto per te. Te l'ha detto Lauryn che questo fa parte del tuo processo di guarigione, no?»

Annuisco, mentre mi rigiro tra le mani la penna.

«Non sarà facile...»

«Chiamala!» mi dice lui avvicinando la sua sedia alla mia.

«No.» Muovo la testa. «Sono questioni da chiarire a quattr'occhi.»

«Hai ragione... e se stasera organizzassimo qualcosa tutti insieme?» mi chiede lui con l'espressione di uno che ha appena avuto un colpo di genio.

«*Tutti insieme* chi?»

«Noi due, Tessa e Priya, una serata al pub, con musica e qualche birra che aiuta a sciogliersi.»

Non sarebbe una cattiva idea. «Mmm... non saprei» indugio. L'idea di vedere Priya mi sta donando una carica di energia che non provavo da diverso tempo. «Un'uscita a quattro mi stona un po'» dico infine.

«Non sarebbe proprio una serata in quattro, potrebbe venire il fidanzato di Tessa e potremmo invitare qualcuno dell'ufficio!» Aidan si stringe nelle spalle.

«Il punto è che Priya non si è nemmeno fatta sentire per chiedermi come sto dopo l'incidente» dico con un filo di rabbia che colora il mio tono di voce.

«Tessa gliel'avrà detto.»

«Conoscendola, l'avrà tampinata fino alla nausea» e ridacchio. Tessa è una gran rompiscatole, ma per fortuna spesso lo è per le giuste cause.

«Avrei forse dovuto chiamare direttamente Priya?» Aidan si interroga. «Solo che pensavo fosse meglio avere qualcuno che facesse da tramite, data la situazione tra di voi.»

«Penso che tu abbia fatto bene. Avrei potuto chiamare io Tessa, ma poi mi avrebbe inondato di domande e non mi avrebbe mollato più.» Sorrido ancora pensando a quanto sia buffa la mia ex compagna di scuola ed ex collega.

«Ascolta.» Aidan si avvicina quasi come a volermi svelare un segreto. «Lascia fare a me... Tu intanto puoi andare a casa, riposare, e poi ti faccio sapere a che ora ci vediamo al pub.»

«Cosa intendi fare? Queste cose forzate mi mettono a disagio» dico sbuffando. «E poi dovrei starmene tranquillo a casa, lontano dal caos e dall'alcol.»

«Ah, ora il signorino deve stare tranquillo e lontano dall'alcol» mi prende in giro. «Ti ricordo che non sarebbe la prima volta che esci da quando hai avuto l'incidente e inoltre, come detto, anche questo fa parte della terapia. Se no vado a prendere Priya e te la porto qui in ufficio, vi rinchiudo in una stanza e, volenti o nolenti, dovrete parlare!» La sua aria si fa quasi minacciosa, così desisto.

«Okay, è tutto nelle tue mani, fratello» gli dico lasciando cadere la penna sul taccuino a mo' di resa.

«Lascia fare al tuo fratellone, oltre che mentore e sopportatore delle tue disgrazie» e mi dà una pacca sulla spalla.

CAPITOLO 27

Priya

Dopo averlo visto con quella ragazza diversi giorni fa, non ho più avuto né il coraggio né la voglia di fargli sapere com'è andata la selezione per la chapea.

Da quando mi sono imbarcata in questa avventura e ho iniziato a lavorare per raggiungere il mio obiettivo, ho sempre avuto in mente il momento in cui avrei detto a Dan di avercela fatta, che stavo per compiere il primo passo che mi avrebbe portata su Marte, che sarei stata la prima a fare qualcosa che nessuno aveva mai fatto. Ho sempre immaginato quel preciso istante in cui lui, forse più felice di me, mi avrebbe chiamata "nerd". Ci saremmo ubriacati insieme, magari per una delle ultime volte prima della mia partenza per un anno nel Mars Dune Alpha a Houston, e avremmo fatto sesso fino a consumarci.

"Dobbiamo recuperare tutto il tempo che sarai all'interno dell'habitat..." avrebbe detto e io mi sarei lasciata andare come non mai. Mi sarei persa dentro di lui perché non avrei avuto più nulla da perdere.

E invece sono qui, nella hall degli uffici di *Influencer per*

Amore, pronta ad avere una discussione che non si prospetta per nulla semplice né divertente con la mia migliore amica, sul mio impiego in questo podcast. Sono giorni che mi tormento con i sensi di colpa. Ho evitato le sue chiamate e con diverse scusanti mi sono occupata solo di proseguire con il lavoro alla Columbia, preparando il terreno per quando lascerò quel posto. Certo, avrei potuto parlargliene prima, d'altronde lei è la mia sorella in pectore, ma non ho avuto il coraggio di farlo e ora ne sto pagando le conseguenze.

«Ciao Pri!» La voce squillante di Tessa mi ridesta dai pensieri che nell'ultima settimana hanno riempito la mia testa. Meno male che ho la meditazione, meno male che tra poco lascerò questo mondo per rinchiudermi nell'habitat marziano e per un po' le uniche persone con le quali avrò a che fare saranno altri tre aspiranti astronauti e il controllo missione della nasa.

La mia amica non mi dà neanche il tempo di aprir bocca, mi prende per un braccio e mi trascina di peso all'interno dell'open space dove lavora il team del podcast.

«Ragazzi! Un attimo di attenzione!» urla e batte le mani per richiamare tutti all'ordine, come fa un generale con i suoi soldati. «Questa donna sarà una delle prime ad andare su Marte!»

E nell'ufficio esplodono urla e schiamazzi, che inneggiano il mio nome. Forse avrei dovuto dire a Tessa dell'accettazione alla missione chapea solo poco prima di partire.

«Io... io non so cosa dire...» Mi coglie un misto di imbarazzo e gioia, ma come faccio a prendermela con un'amica che – a suo modo – mi ha sempre spronata, è sempre stata dalla mia parte e a volte si è perfino opposta alla mia famiglia per difendere me e i miei sogni?

Mi abbraccia, poi mi mette le mani sulle spalle e mi guarda dritta negli occhi. «Ormai sei una marziana al cento per cento!» Mi prende il viso tra le mani come fa una mamma fiera della propria figlia. Istintivamente, metto le mie mani sulle sue e gli occhi si inumidiscono, cosa che lei nota subito.

«Priya Neelam che si commuove? Ma che sta succedendo? Sta finendo il mondo e ancora non ce l'hai detto?» sussurra, così che gli altri non possano sentire.

Mi stringo nelle spalle e scrollo il capo, tirando su con il naso. «Io commuovermi? Allora non mi conosci!» Cerco di ricompormi, ma c'è qualcosa che si è liberato dentro di me.

Sì, è che parteciperò a questa missione, che mi sto pian piano avvicinando al mio obiettivo, ma anche che, a quanto pare, sono diventata più sensibile alle emozioni dell'ambiente circostante. "Ricorda che le ombre sul cuore passano come l'eclissi. Ma il sole continuerà a splendere e la luce tornerà sempre", questa frase di nani fa capolino tra i vari pensieri che girano vorticando nella mia testa. Cerco ancora una volta di scrollarmi di dosso tutto ciò che sto sentendo e percependo in questo momento, e alzo le mani in alto fischiando per richiamare l'attenzione dei collaboratori del podcast, che stanno già facendo festa da soli.

«Ragazzi! Allora, la nostra Tessa, come sempre, esagera un

po', ma è anche per questo che le vogliamo bene.» Mi avvicino a lei e le stringo le spalle con un braccio.

«Tu andrai su Marte!» obietta lei.

«Io farò una simulazione della vita su Marte, ma per andarci... be', ci vorrà ancora qualche annetto. Sempre che tutto vada bene.»

«Certo, ma non fare la modesta: il primo passo per andare su Marte lo stai per fare, quindi per me sei già lì!» continua lei. «Certo, dovrò trovarmi qualcuno che ti sostituisca qui, e so già che sarà un'impresa, ma vai e spiega le ali... o come diciamo sempre: sali sul razzo e parti con tonnellate di propellente sotto il culo!»

E tutto il gruppo, ancora una volta, urla e applaude.

«Priya!» Da un angolo della stanza vedo arrivare Cynthia, un po' trafelata, con in mano quello che sembra un foglio gigante. «Avrei voluto poterlo preparare già prima, ma non ce l'ho fatta!»

Cynthia srotola uno striscione e fa segno a un collega di tenerlo all'altra estremità. «Tadaaaa!» Apre il braccio in un gesto teatrale. «Auguri tesoro!» e si avvicina per abbracciarmi con il braccio libero.

Priya, la nostra marziana, la prima donna che metterà piede sul pianeta rosso... prima o poi! Lo striscione è scritto a caratteri cubitali e, sullo sfondo dello stesso colore del suolo marziano nel film *The Martian* con Matt Damon, vi è il disegno di un astronauta con attaccata sopra la mia faccia.

La nostra marziana. *La mia marziana.* Il viso di Dan, il suo sorriso dolce e allo stesso tempo sexy. Il nostro litigio. La notte passata insieme. La rabbia verso di lui... e la delusione nel vederlo già insieme a un'altra – passa tutto davanti ai miei occhi come un film.

«Champagne per i successi della mia amica!» mi dice Cynthia mentre mi porge una flûte. «Pri, ci sei?» mi chiede ancora.

«Sì, sì... stavo... stavo solo pensando a quanto io sia fortunata ad avervi tutti.» Mi salvo in corner, però mi rendo conto che in realtà è ciò che penso.

Voglio bene a ogni membro della mia famiglia di origine, anche se a volte li detesto per la loro ottusità e le credenze che sembrano uscite dal medioevo. Ma questa è la famiglia che ho scelto: le persone che sono sempre state al mio fianco nel mio cammino, le donne presenti nella mia vita che, in un modo o nell'altro, mi hanno aiutata ad arrivare dove sono oggi.

«Vieni» mi dice Tessa quasi sottovoce, tornando seria. «Dobbiamo parlare.»

Mi prende ancora per mano e lasciamo gli altri a festeggiare tra champagne e stuzzichini. Mi porta nel suo ufficio e chiude porta e tapparelle interne.

«Siediti» mi ordina e si accomoda alla sua scrivania.

È arrivato il momento. Non soffro di ansia, ma questi sensi di colpa iniziano a pesarmi parecchio.

«Alcuni giorni fa ho ricevuto una chiamata da Aidan» comincia e la sua espressione si fa sempre più seria. «Te lo dico senza giri di parole: Dan ha avuto un incidente. Te l'ho nascosto per qualche giorno, perché quando mi hai chiamata per dirmi della tua ammissione alla chapea non volevo rovinarti il momento e poi in questo periodo ti ho percepita un po' distante. Conoscendoti, so che questo dipende proprio da Dan, quindi non ho infierito.»

Un macigno mi si pianta nello stomaco ed è la prima volta che, nel ricevere una notizia del genere, riesco a dire solo: «Cosa è successo?»

Tessa mi racconta ciò che le ha riferito Aidan: il cuore mi batte a mille e il senso di colpa passa in secondo piano.

«E ora come sta?» chiedo a mezza voce.

«Sta bene, ha ancora qualche acciacco... Te lo dico perché sono a conoscenza della vostra situazione da tira e molla emotivo, ma ricordati che siete amici. Poi ti invio il suo nuovo numero di cellulare, l'unica cosa che non è sopravvissuta allo schianto sul ponte.»

A queste ultime parole, *schianto sul ponte*, mi viene quasi un conato di vomito. E io che neanche mi sono degnata di farmi sentire negli ultimi tempi, presa solo dalle mie cose e dal mio ego. Non posso certo biasimarlo se ha iniziato a farsi leccare le ferite da un'altra donna.

«Oh...» Sospiro, dentro di me al contempo esplode però un caos che nemmeno quello del Big Bang può eguagliare.

Tessa mi osserva con attenzione; capisce subito cosa sto provando.

Le lacrime iniziano a rigarmi il viso. È la prima volta che mi lascio andare così davanti a lei, e sento un nodo sciogliersi dentro, qualcosa che tenevo soffocato da troppo tempo. Ora non posso più fingere. Lei mi conosce meglio di chiunque altro, forse persino meglio di me stessa, ed è per questo che mi sento al sicuro, libera di crollare.

Si schiarisce la voce e si stampa un sorriso sul volto. «Aidan mi ha detto che stasera organizzano qualcosa al solito pub con un po' di gente, tanto per ricondurre Dan con i piedi per terra. Quale migliore occasione per festeggiare anche il tuo traguardo?»

«Preferirei rimanere a casa a riposare. Fra qualche settimana parto e mi devo rimettere in pista per poter dare il massimo.» Sto mentendo. Voglio uscire. Voglio festeggiare il mio traguardo. Ma che dico: voglio soprattutto vedere Dan, parlargli a quattr'occhi, se necessario abbracciarlo e togliermi questo peso di dosso prima di rinchiudermi per trecentosettantotto giorni in un habitat che simula la vita su Marte.

Mi faccio pregare dalla mia amica, ma alla fine accetto l'uscita.

Poi un dubbio mi assale: e se Dan portasse la donna dell'altro giorno?

CAPITOLO 28
Dan

Il Dead Rabbit stasera è un carnaio. La festa di san Patrizio è più tranquilla.

«Stasera c'è il dj!» mi dice Aidan che ormai si è quasi trasformato nella mia babysitter. «Mi raccomando: non bere troppo, che prendi ancora i medicinali...»

«Questa serata l'hai voluta tu e ora fai il bacchettone?» gli chiedo mentre indico i boccali sul bancone davanti a noi.

«Io non sono un bacchettone, ci tengo solo alla tua salute!» Innalza la pinta di Guinness strabordante brindando alla mia.

«Amico mio, ma tu Emily dove l'hai lasciata? È ancora dai vicini?»

«No.» Scuote la testa. «Stasera la mia figlioletta è a casa con una bravissima babysitter che ho trovato nell'ultima settimana. Dai vicini si diverte e mi fido, ma non voglio diventi un'abitudine. La babysitter almeno deve sottostare alle mie indicazioni.»

«Carina?»

«Chi?»

«La babysitter!» esclamo, prendendo un sorso della mia birra.

Alza le spalle e non risponde, anche se vedo un piccolo sorrisino fugace sul suo volto.

Qui gatta ci cova. Certo, non infierisco perché non mi sembra né il luogo né il momento, ma sono sicuro che ci possa essere un altro interesse nell'assunzione di questa figura.

«Tessa e gli altri dovrebbero essere qui a momenti» dice lui cambiando discorso. «Ci sediamo al tavolo che ho fatto riservare?»

«Okay.» Annuisco prendendo in mano il mio boccale, la mia giacca e alzandomi dallo sgabello.

Lo seguo tra la folla che inizia a urlare. È proprio peggio di san Patrizio, accidenti. Una ragazza mi urta e mi fa cadere un po' di birra a terra. Inspiro a fondo e cerco di non sbottare. La prima reazione sarebbe mandarla al diavolo, ma in questo modo rischierei di provocare l'ira del suo accompagnatore.

Dan, rimani concentrato. Il tuo sistema nervoso è già parecchio sotto stress, non farti risucchiare da queste situazioni.

La guardo per qualche istante, mi osserva di rimando e poi va via sghignazzando, come se nulla fosse.

Mantieni i nervi saldi, Dan.

Raggiungo il tavolo, poso il boccale e, mentre mi volto per spostare la sedia e sistemarci la giacca, il mio sguardo viene catturato da una figura che sta entrando. Una figura familiare.

Priya.

La osservo: tiene la porta aperta a chi è con lei, si sta togliendo la giacca stile astronauta che ha sempre addosso e rivela una canotta senza maniche che mette in evidenza il suo collo, il décolleté e le braccia tornite da tante ore di palestra.

È perfetta.

Alza gli occhi e, per un istante fugace, i nostri sguardi si incontrano. Non riesco a decifrare la sua espressione, perché appena si incrociano, abbassa la testa e spezzo il contatto.

«Dan, stanno arrivando» mi dice Aidan, muovendo la testa nella loro direzione.

«Sì, ho visto.» Ritorno a sistemare la giacca sullo schienale della sedia in modo ossessivo. Non posso permettermi di guardarla troppo.

Non so come farò stasera perché saremo tutti qui, ma qualche escamotage lo troverò.

«Ehi ragazzi!» Tessa arriva più energica che mai. «Cos'hai combinato, tu?» Mi lancia le braccia al collo e mi stringe forte. Con un po' di esitazione ricambio quell'abbraccio inaspettato. Si stacca e mi prende il viso tra le mani. «Quando Aidan me l'ha detto mi sono spaventata da morire. Sono contenta tu sia ancora tutto intero.»

Non posso fare altro che annuire e sorriderle. L'amicizia genuina di Tessa, anche se a volte sopra le righe, mi ricorda quanto io sia privilegiato nonostante tutto.

Con la coda dell'occhio vedo Priya avvicinarsi. Cerco di non guardarla, ma la presenza di due ragazzi alle sue spalle cattura la mia attenzione.

«Priya è venuta con suo fratello Arjun e un suo amico appena arrivato in città, Ravi.» Sento Tessa che parla con Aidan, e io non faccio altro che chiudermi a riccio, sedermi al tavolo e affogare le mie emozioni nella birra.

Non riesco a mantenere lo sguardo solo davanti a me, sulle mie mani che stringono il boccale quasi a volerlo distruggere, così sposto lo sguardo su Tessa e Aidan che conversano amabilmente come due vecchi amici.

«Li conosci?» Aidan chiede a Tessa.

«Suo fratello sì, ma non molto. Lavora a Boston da molto tempo in un grande studio legale. Ravi, invece, l'ho conosciuto solo poco fa.»

Priya, suo fratello e questo Ravi si avvicinano al tavolo e fanno il giro di presentazione.

Per convenzione sociale, faccio lo sforzo di alzarmi, stringere le mani dei due uomini con i quali scambio un "piacere" di circostanza e poi mi risiedo. Priya si avvicina a me. Abbasso di nuovo la testa.

«Ciao Dan.» Il mio nome riecheggia nel suono della sua voce. «Mi dispiace per ciò che ti è successo...»

«Grazie» le dico rimanendo con lo sguardo fisso sul boccale che ormai è già quasi vuoto.

Non riesco a guardarla, non riesco ad affondare i miei occhi nei suoi, non ce la posso fare. Dovrei risolvere con lei, dovrei parlarle, ma il dolore che sento per tutto ciò che mi è successo è troppo forte. E, forse, lo sono pure i sentimenti che provo per lei.

Gli altri iniziano ad accomodarsi al tavolo e a parlare del più e del meno, mentre ciò che vorrei fare io al momento sarebbe andare a prendere una boccata d'aria e sparire per qualche ora in sella alla mia moto.

«Dan, tu sei un giornalista, vero?» Il fratello di Priya, seduto davanti a me, cerca di coinvolgermi nelle discussioni. «Hai intervistato mia nonna, giusto?»

Alzo lo sguardo, mi rigiro il bicchiere tra le mani e solo gli insegnamenti di un'educazione basata sulla gentilezza fanno sì che io gli risponda. «Sì, proprio così.» Non riesco a dire altro.

«Priya mi ha detto che hai avuto un incidente con la moto qualche settimana fa... Sei proprio stato fortunato a farti solo qualche graffio. A Boston c'era un conoscente mio e di Ravi che ci ha rimesso le penne. La moto era la sua droga, voleva la velocità, il brivido. Voleva scappare dagli ostacoli della vita e poi ha incontrato un ostacolo sulla strada che...»

«Arjun, non mi sembra il momento di parlargli di questo genere di cose.» Ravi interviene al momento giusto, anche perché mi stava montando la rabbia ripensando a ciò che è successo e soprattutto a Priya che non si è degnata di fare qualche ricerca in più, visto che sono sparito per diversi giorni.

«Hai ragione» ammette Arjun. «Scusa, fratello, non volevo. Magari devi ancora riprenderti e io sono qui a raccontarti queste cose.»

«Non ti preoccupare.» Sorrido in modo mesto, mentre con la vista periferica cerco Priya, che sembra essersi volatilizzata.

CAPITOLO 29

Priya

Fa troppo caldo qui dentro. Ed è troppo caotico. I pori della mia pelle stanno secernendo perle di sudore come se fossi in sauna e più tardi dovrò andare fuori a prendere una boccata d'aria, perché se no impazzisco.

«Allora, come mai non vi siete scambiati più di due parole con Dan?»

Tessa e io siamo appoggiate al bancone e abbiamo appena ordinato un vassoio di Guinness da portare al tavolo per tutti, anche se ho l'impressione che stasera sarebbe meglio sostituire le pinte di questa birra con quelle di un buon Jack Daniel's invecchiato.

Sapevo che questa sarebbe stata la prima domanda, dato che ultimamente Tessa si è trattenuta molto dal voler sapere cosa sta accadendo tra Dan e me.

«Cosa avremmo dovuto dirci?» chiedo con aria che vuole sembrare noncurante. In realtà, sto ancora pensando allo sguardo che Dan mi ha lanciato non appena sono entrata.

«Be', mi sarei aspettata un po' più di pathos…» Mi guarda e

poi cambia espressione. «Parlagli, per favore. Lo so che per te è difficile, ma prova a fare questo sforzo. Qualsiasi cosa succeda, sarà un bene sia per te sia per lui.»

Questa Tessa più consapevole inizia a piacermi. Da quando è tornata dall'India sembra una persona diversa in tanti frangenti della vita.

«Me lo prometti?» incalza.

Annuisco senza dire nulla.

Non è semplice stare qui, nello stesso posto con lui, dopo averci litigato, aver fatto un sesso riparatore come mai nella mia vita, averlo visto con un'altra donna e aver saputo del suo incidente.

È tutto *troppo*. Dovrei impiegare le energie e la mia presenza mentale per prepararmi al meglio per la chapea e invece ho accettato di venire qui.

Non ho raccontato a Tessa che sono andata da lui e l'ho visto con quella ragazza. Una cosa che mi rincuora, almeno, è che lei fino ad adesso non si è vista.

«Comunque» Tessa si appoggia al bancone con un braccio e ritorna all'espressione furbesca che spesso la caratterizza «ho notato che Ravi continua a guardarti e quando vi parlate gli si illumina lo sguardo.»

Spalanco gli occhi come a chiederle cosa diavolo stia dicendo.

«Sì, cara la mia marziana... Secondo me quello è cotto di te!»

«Ma cosa dici? Ci siamo appena conosciuti!»

Tessa si stringe nelle spalle e poi mi sorride. «E che vuol dire questo? Mica tutti devono prima diventare amici di letto per piacersi» e mi fa l'occhiolino. «E poi è proprio un bel fustacchione.»

«Dai, smettila, Tess. Ho già abbastanza casini e non me ne servono altri prima di andare in missione.»

«Su questo concordo, ma qualche effusione, qualche carezza, un piedino già piantato in un'altra conoscenza potrebbe fare al caso tuo al ritorno dalla missione.»

«Lo sai benissimo che a me questo genere di situazioni non piace e non mi interessa nemmeno.»

«Che lavoro fa?» mi chiede. «Per come lo percepisco sembra un altro nerd.»

«Arjun mi ha detto che è un giovane imprenditore. È un informatico che ha sviluppato un software di intelligenza artificiale per l'osservazione dell'Universo.»

Tessa rimane a bocca aperta. «Se non conoscessi Dan e non sapessi che voi due siete fatti per stare insieme, direi che Ravi è il tipo per te. Come previsto: un nerd, un pioniere e pure ricco.»

«Non devo per forza avere qualcuno "apposta per me", lo sai no?»

«Sì, lo so. Sei una donna emancipata, non hai bisogno di nessun uomo e ti risparmio tutta la tiritera di cose che mi hai detto in questi ultimi anni. Però pensaci.» Tessa mi fa l'occhiolino. Mi appoggio di schiena con i gomiti al bancone e osservo il tavolo dove gli uomini che trascorreranno la serata con noi stanno parlando animatamente.

Solo Dan sembra mogio. Dovrei proprio parlargli, ma non so se sia questa la serata e soprattutto se lui al momento sia abbastanza ricettivo per farlo. Insomma, ha avuto un incidente e non vorrei provocargli ulteriori problemi.

Il barman ci consegna i boccali di birra e io ne porto due in una mano e i restanti due nell'altra.

Tessa e io ci facciamo strada verso il tavolo, fino a quando – quasi arrivate – un tizio un po' alticcio mi viene addosso.

«Fa' attenzione, deficiente!» mi urla.

Rimango bloccata da quella reazione. Non mi fa paura, ma non ho voglia di problemi stasera, ne ho già troppi per i fatti miei.

«Scusa, non ti avevo visto» dico, anche se in realtà è lui che non mi ha vista.

Mi guarda bene e inizia a fissare la mia scollatura. Mi giro, mi avvicino al tavolo e appoggio le Guinness. «Sono piena di birra» dico a Tessa, mentre mi asciugo le mani sui jeans.

«Che cretino! È lui che ti è venuto addosso!»

«Lo so, ma non è il momento di rimarcare questa cosa» le spiego. «Vado in bagno a ripulirmi» aggiungo.

Lei annuisce e poi va a sedersi al suo posto.

Faccio per girarmi e mi ritrovo davanti il tipo di prima.

«Ehi, bellezza, dove vai?» Mi si piazza davanti e continua a fissare il mio décolleté.

«Scusa, dovresti passare» gli dico senza mezzi termini e senza sentirmi in soggezione.

«Ma dove scappi?» Mi prende per un polso e mi tira a sé.

«Ma che cazz...» non faccio in tempo a finire la frase, che me lo ritrovo in ginocchio a terra, bloccato da Ravi che, con una presa di una qualche disciplina come l'aikido, lo tiene in scacco.

«Hai qualche problema con la signorina?» Ravi gli chiede, mentre il povero malcapitato è a terra, con l'aria sofferente di qualcuno che se la sta per fare addosso.

"Signorina", okay, odio questo appellativo, ma lasciamoglielo passare, d'altronde mi sta difendendo.

Mi volto verso il nostro tavolo: tutti stanno assistendo alla scena, compreso Dan, che però non sembra toccato dalla cosa.

«No, no... no...» Il tipo è sempre più piegato e in evidente sofferenza. «Ti prego, non spezzarmi le dita, mi servono.»

«Allora vuoi che ti cavi gli occhi, visto che continuavi a guardarla dove non dovevi?»

Un brivido mi percorre la schiena. Non è paura, è eccitazione. Un nerd che mi sta facendo eccitare.

Guardo Ravi, impegnato nella manovra, poi in serie Tessa, con l'espressione divertita mista a sorpresa e mio fratello, che ha l'aria compiaciuta di chi pensa "i miei amici difendono la mia sorellina". Aidan ridacchia e Dan ha la fronte corrugata in una mimica che non riesco a decifrare del tutto.

Ravi lascia andare il malcapitato, che si alza in piedi a fatica, mi borbotta uno "scusa" e se ne va a gambe levate. Molto probabilmente non rimetterà più piede in questo posto.

CAPITOLO 30

Dan

Che diavolo sta succedendo? Perché qualcun altro sta facendo ciò che avrei dovuto fare io? Seguo con lo sguardo il tipo che ha importunato Priya e stringo i pugni al punto di far diventare bianche le nocche. Vado fuori e gli spacco la faccia. Non ho bisogno di mostrare a Priya che l'ho fatto, ma nessuno può toccarla.

«Hai visto? È stato forte Ravi» mi sussurra all'orecchio Aidan e mi fa capire che forse mi sono perso un'occasione.

Guardo Tessa che fa i complimenti all'amico del fratello di Priya e quest'ultima che con le gote rosse, le stesse che diventano di questo colore solo dopo aver fatto l'amore, ringrazia l'eroe di turno.

Prendo uno dei boccali sul tavolo e lo innalzo davanti a tutti urlando un: «A Ravi! Che ha salvato la donzella dal pericolo!» e poi inizio a scolarmelo sorso dopo sorso.

Gli altri mi scrutano, mormorando un "a Ravi" senza darmi tanta importanza. Aidan mi guarda e cerca di non dirmi nulla; sono sicuro sappia ciò che mi sta passando per la testa.

Tessa, Ravi e Arjun sono impegnati in una discussione su

come siano inopportune determinate avances, dato che non siamo più nel medioevo.

Già, non lo siamo più e per questo non abbiamo bisogno di cavalieri che arrivano su un cavallo bianco a difendere le ragazze nei pub.

Il mio sguardo si sposta involontariamente su Priya, che mi guarda a sua volta.

Non riesco a decifrare la sua espressione. Disappunto? Rabbia?

Finisco il boccale, mi alzo dalla sedia e mi metto la giacca. Devo prendere aria.

CAPITOLO 31

Priya

Dove diavolo sta andando Dan? Lo seguo con la coda dell'occhio, mentre Ravi si siede vicino a me e mi chiede se sto bene.

«Sì» rispondo esitante. «Grazie per avermi difesa» gli dico. Anche se non ce n'era bisogno, perché mi so difendere da sola. O forse perché non era lui a doverlo fare?

«Allora, ho sentito dire che tra poco partirai per una missione dedicata alla ricerca per andare su Marte» dice lui, spingendo un boccale di Guinness verso di me.

«Mmm.» Annuisco, prendendone un sorso senza distogliere lo sguardo dalla porta, che si è appena chiusa alle spalle di Dan.

«E come sarà? Quali compiti avrai?» mi chiede lui, noncurante che io non gli stia per nulla prestando attenzione.

«Scusami, Ravi» gli dico finalmente guardandolo. «Devo uscire un attimo. Dopo ti spiego tutto.» Prendo la giacca, mi alzo e mi faccio spazio tra la folla, che sta diventando sempre più selvaggia.

Non mi interessa chi mi trovo davanti, non faccio caso a chi urto, voglio solo raggiungere quella porta il più in fretta possibile e uscire di qui.

Afferro la maniglia, la apro ed esco nell'aria fresca della sera. C'è qualcosa di particolare nell'odore che avvolge Manhattan in questo periodo dell'anno. È l'aria delle promesse che la primavera sembra fare all'estate, è l'aria delle cose che possono avverarsi, dei cicli che possono aprirsi, o anche chiudersi per sempre.

Mi guardo in giro, scruto nella lieve oscurità che inizia ad avvolgere la strada nella zona della vecchia New Amsterdam ed eccola lì, la sagoma di Dan, appoggiato con la schiena al muro del palazzo.

Mi avvicino con la sensazione di camminare sulle uova.

Lui si gira verso di me. Un ciuffo dei suoi lunghi capelli, che ho spesso stretto tra le mie dita, gli ricade sulla fronte. Lo sguardo tagliente di chi non sa se amarti o odiarti.

«Cosa ci fai qui?» Il suo tono fende l'atmosfera perfetta.

Mi metto davanti a lui e lo guardo senza dirgli nulla.

«Allora? Hai qualcosa da dirmi o sei solo venuta per provocare?»

«Io non ti provoco!» esclamo a gran voce. Non riesco a trattenere ciò che sta risalendo dal mio stomaco.

«Ah no? La maglietta scollata, il venire qui con Ravi, il super rampollo hi-tech e nerd come te, che ti difende come un cavaliere... e neanche un minimo di considerazione per ciò che mi è successo!» Digrigna i denti, mentre si stacca dal muro e si avvicina a me.

«Non sono qui con lui! È solo un amico di mio fratello!»

Perché mi sto giustificando, invece di piantargli uno schiaffo in piena faccia?

Mi guarda con il ghigno di chi non crede a una sola parola di quello che ha appena sentito. «Ho visto, sai, come ti sei emozionata quando lui ti ha difeso.»

«Okay, e perché non l'hai fatto tu?» La domanda mi esce dalla bocca come una freccia scoccata che è impossibile far tornare indietro e che colpisce dritto al cuore.

Dan mi osserva di nuovo, il suo respiro è grave. Fa un passo verso di me e ci ritroviamo a pochi centimetri l'uno dall'altra.

Il mio stomaco si contorce, le pulsazioni sono un tamburellio incessante che spezza il ritmo del respiro.

«Io...» dice lui, sempre con i suoi occhi fissi nei miei.

«Tu cosa, Dan?» Respiro in modo affannato. «Tu non hai le palle di dire cosa provi per me? Non hai le palle di dimostrarmelo? Non hai le palle di lasciarmi andare per la mia strada e basta?»

Mi prende per le spalle e mi trascina contro il muro. È una questione di attimi, perché mi accorgo che il suo corpo è addosso al mio solo quando sento i nostri cuori in affanno che battono l'uno contro l'altro, in una battaglia che stasera non vincerà nessuno.

«Stai zitta» mi dice. Il calore che esce dalla sua bocca scioglie ogni inibizione dettata dalla paura. «Tu non sai... tu non mi conosci...»

Si ferma per qualche istante. Il mio corpo è bloccato in uno stato di piacevole terrore. Prendimi. Ti prego, prendimi, anche se fosse per l'ultima volta, fallo adesso o mai più.

In questi pochi secondi è racchiusa tutta la verità su di noi.

In questi brevi attimi si decide la nostra storia.

I suoi occhi restano inchiodati ai miei. Ci scorgo un intero universo di possibilità.

Dan si avvicina con il capo, cosa che inizio a fare a mia volta con molta cautela.

Le mie braccia lungo il corpo non reagiscono, le mani tremano.

Ti prego, baciami. Fallo ora, e non mi interesserà cosa mi dirai e cosa succederà.

Sento un sospiro che mi inonda il cuore di tristezza.

Lui si blocca, sbatte le palpebre e si ritrae di una distanza così piccola che sarebbe impercettibile a un osservatore esterno, mentre io ho capito che stasera la nostra storia si è chiusa per sempre.

CAPITOLO 32
Dan

Gli occhi di Priya mi stanno supplicando, come anche i nostri corpi.

Ma non posso andare avanti.

In quello sguardo che mi fa perdere me stesso, per qualche istante, ho scorso ancora *lei*. Il suo viso, i suoi occhi, le sue labbra. Per un istante non era Priya, era *lei*.

E questo mi fa capire quanto Priya possa essere kryptonite per me.

Mi stacco da lei, indietreggio, quasi mi stessi bruciando con il calore e la luce che emana.

"Parla con Priya e tutto sparirà". Nella mia testa girano le parole di Lauryn, ma sono bloccato dalle emozioni che provo.

«Dan...» Il mio nome esce dalla sua bocca in un sussurro che, come un richiamo, il mio cuore non può ignorare. Ma devo farlo.

«Meglio che io vada» riesco a dire con un tono così piatto che non so se il messaggio le sia arrivato. «Scusami con gli altri... e divertitevi senza di me.»

Mi allontano da lei e da tutto ciò che provoca in me. Non posso più stare in questo modo, non voglio.

Priya è la mia kryptonite, anche se io non sono Superman. Io sono solo un codardo che non riesce a superare i suoi cazzo di traumi e vivere una vita serena.

«Dan» sento urlare alle mie spalle. Mi fermo, qualcosa dentro di me fa resistenza, qualcosa vorrebbe che io mi girassi, corressi verso di lei, la prendessi in braccio e la portassi a casa, dove ci consumeremmo a vicenda per giorni e giorni, forse settimane e – se lei volesse – per sempre.

E poi c'è l'altra parte di me, codarda e bastarda, la stessa che mi impedisce di agire, la parte malata di me che ancora mi fa pensare a *lei* e a ciò che è successo in Afghanistan.

Purtroppo la seconda è più forte e prenderà sempre il sopravvento.

Non mi giro, continuo a camminare fino a imboccare una via laterale nella quale ho posteggiato la moto.

Mi siedo sul sedile, infilo il casco e accendo il motore: la mia moto è l'unica cosa che al momento può farmi tornare a respirare.

CAPITOLO 33

Priya

Non ho voglia di scendere di sotto. Il pranzo è quasi pronto e io sono costretta a partecipare a questa farsa messa in piedi dai miei, con l'aiuto di mio fratello, per costringermi a fare una conoscenza più approfondita di Ravi, che per loro – chiaramente – è il ragazzo che tutti i genitori sognano e che la loro figlia dovrebbe adorare in modo istantaneo.

«Tesoro, vieni con me?»

Nani entra in camera con delicatezza. È l'unica che cerca di muoversi in punta di piedi, soprattutto nella vita delle persone. Soprattutto nella mia, di vita.

«Devo proprio venire?» Sbuffo, mentre mi tiro su a sedere sul letto. L'unica che merita un po' di rispetto da parte mia in questa casa è proprio lei. L'unica che mi abbia mai sostenuta e apprezzata.

«Be', tua madre non sarà la tua migliore amica, ma cucina in modo divino e ha preparato il suo miglior *dahl*, le *samosa* e tutto ciò che ti può piacere.»

«Mmm...» Non mi faccio impressionare. «Lo fa perché vuole far colpo su Ravi.»

«E anche se fosse? Puoi approfittarne!» Ridacchia. «Ne puoi trarre vantaggio prima di partire per Houston e di entrare per più di un anno in un posto nel quale avrai solo cibo liofilizzato da astronauta!»

La guardo. «E tu cosa ne sai del cibo liofilizzato e di cosa mangiano gli astronauti?» chiedo sorpresa.

«Se so che mia nipote simulerà una missione su Marte, devo sapere cosa mangerà... Pure io conduco le mie ricerche! Pensi di essere l'unica?» Si avvicina e si siede accanto a me.

Sorrido con un peso che mi blocca lo stomaco. Il cibo di mia madre è invitante, ma oggi il senso di fame e soprattutto di gola è cancellato dalle sensazioni che Dan mi ha provocato ieri sera.

«Tesoro, raccontami tutto» mi sussurra mia nonna, guardandomi negli occhi. Non posso fare a meno di sentire un groppo in gola che ricaccio giù, in fondo, insieme a tutti quei macigni che mi riempiono lo stomaco.

«Cosa dovrei raccontarti?» le chiedo fissandola. Non so se riesco a esprimerlo a parole. Forse riuscirà a capirlo dal mio sguardo.

«Sono sicura che c'entri Dan. Non si è più visto da queste parti.»

«E perché avrebbe dovuto passare da queste parti?»

«Per te...»

«Nani, la prima e ultima volta che è venuto qui era passato per te e per la sua intervista» le dico distogliendo ora lo sguardo. Mia nonna lo sa, lo sente. Lei sa tutto, ma tocca determinate questioni con estrema leggerezza e abilità.

«Nipote mia» sospira «qualsiasi cosa sia successa, non è mai troppo tardi.»

«Nani, non mi vuole» dico tutto d'un colpo. Neanche io mi aspettavo che questo pensiero venisse fuori.

Lei mi guarda, sorride e inizia a ridere con gusto. La osservo sbigottita. «Ti fa ridere così tanto questa cosa?» Continua a ridere, sembra non volermi ascoltare.

«Scusa! Scusa, tesoro...» Continua a sghignazzare. «Ora mi calmo.»

Ancora un paio di colpi di tosse dovuti al suo momento d'ilarità e poi si ferma. Si gira verso di me, mi prende le mani tra le sue e mi dice: «Ciò che hai detto è una gran... come dici tu? Cazzata?»

«Nani!» esclamo con gli occhi spalancati.

«Nani!» Sento la voce di mia madre che, ferma sulla porta della mia camera, ha un'aria più che sbigottita: è sciocccata, quasi disgustata!

Mia nonna si gira e si rivolge a mia madre. «E allora? Non dirmi che ti sciocca la parola "cazzata"!»

Ancora a bocca aperta, mi godo lo spettacolo. Peccato non ci siano i popcorn.

«Non... non mi turba la parola in sé» inizia mia madre, che ora sembra a disagio. «Mi lascia senza parole sentirla uscire dalla tua bocca!»

«E cosa credi che io sia? Una santa?»

Penso che l'unica persona che possa tenere testa a mia madre sia nani.

«No, ma...» scrolla la testa, ancora visibilmente scossa. «Sentite... venite che è pronto? Loro stanno per arrivare!» Scappa giù per le scale.

«Hai capito come farla scappare?» Nani ridacchia ancora.

«Ti voglio bene.» L'abbraccio e inspiro il profumo che emana: incenso di sandalo, forza e saggezza.

«Oh tesoro, lo so e anche io te ne voglio... Però lo hai capito, no, che è una cazzata quella che hai detto prima?»

Mi stacco. «Non ne sono così sicura...» Gioco con le dita delle mani.

Il peso sullo stomaco si è un po' alleviato.

Ieri Dan non mi ha protetta. Ieri Dan mi ha respinta.

Come siamo arrivati a questo punto?

CAPITOLO 34
Dan

Stamattina la sveglia sembra un martello che mi picchia sulle tempie. Un po' di sole filtra dalle tapparelle della mia stanza e mi giro dall'altra parte, perché una cosa che non posso proprio sopportare oggi è la luce.

Richiudo gli occhi e provo a riaddormentarmi, ma la mia mente non vuole fare altro che ripensare a quanto accaduto ieri sera.

"Dan", il mio nome sussurrato da lei mi risuona in testa. L'immagine dei suoi occhi, quello sguardo supplicante, ma che sa ciò che vuole. Perché non ha fatto un passo in più? Perché ha lasciato che mi fermassi?

Pochi millimetri che sembravano anni luce. Pochi millimetri che avrebbero potuto farmi risvegliare accanto a lei stamattina, magari con la consapevolezza che ciò che bastava era stringerci un po' di più, che ciò che dovevamo fare era vivere insieme la paura di perderci.

E invece a causa della mia codardia siamo più lontani di quanto lo siamo mai stati in tutta la nostra vita, e fra un paio di settimane lei andrà a Houston per la missione. E io sarò storia. Noi saremo una storia che non ha mai potuto essere raccontata.

Saremo ancora sullo stesso pianeta, ma sarà come sparita per sempre.

Mi metto il cuscino in faccia e urlo dalla disperazione. Perché devo farmi condizionare così tanto dal passato? Perché *lei* è ancora qui? Perché vuole farmi del male?

Mi alzo di scatto dal letto, vado in bagno e mi spruzzo la faccia di acqua gelida.

Con il viso gocciolante mi guardo allo specchio. «Datti una mossa, cazzo!» Urlo contro la mia stessa immagine, contro di me. E quella parte nera e buia che preferisce che l'eclissi duri per sempre per farmi vivere nell'ombra è lì, riflessa nello specchio e sembra avere un sorrisino maligno.

Scrollo la testa, il mio pensiero deve ritornare qui. Non posso permettermi di perdere me stesso, o almeno quel poco che ero riuscito a recuperare negli ultimi due anni.

E non posso permettermi di perdere le persone.

Non posso perdere Priya.

«Cazzo!» Picchio il pugno sul lavandino. Nonostante la superficie sia dura e fredda, sono immune al dolore o, perlomeno, a questo tipo di dolore.

Vado in cucina, ingurgito un bicchiere di acqua e preparo il caffè. Non so esattamente quale sia la meta di oggi, perché mi sembra di aver perso anche quella.

Sono un giornalista, un imprenditore e la mia testata indipendente online è una delle più seguite dai newyorchesi, eppure mi sento un nulla. Una merda. Un cazzone.

«Il cazzone ora si dà una mossa!» Verso il caffè nella tazza e ne prendo un paio di sorsi.

La situazione non cambia. Sono depresso? Sono nervoso? Sono... cosa sono? Cosa sento?

Sono anestetizzato e negli ultimi anni solo una persona ha avuto il potere di farmi sentire vivo.

Devo riprendermela.

Ma prima devo buttare fuori tutta la merda che ho nell'animo.

Devo estrarre dalla mia mente quel seme concimato da tutta la merda che trattengo.

Non voglio che cresca, voglio estrarlo, metterlo sotto la luce del sole e far sì che secchi e che non abbia più possibilità di germogliare.

Devo farlo adesso. Questo, però, vuol dire che tutti sapranno: per alcuni sarò un eroe, per altri una vittima e per altri ancora forse addirittura un carnefice.

Bevo un altro sorso di caffè.

Mi siedo al tavolo, apro il laptop e comincio a battere senza sosta.

Le parole sembrano scorrere da sole, senza bisogno di riflettere troppo su quello che sto scrivendo. È come se la mia testa avesse bisogno di svuotarsi, di liberarsi di quel peso che mi porto dentro da anni, da quando tutto è iniziato.

Il testo inizia a scorrere e io respiro a fatica. Ogni parola che digito è come un colpo al cuore. So, però, che devo farlo. Devo raccontare cosa mi è successo, anche se è doloroso.

È come se fosse una terapia, un modo per esorcizzare la paura e l'angoscia che mi hanno attanagliato per tutto questo tempo.

Le immagini di ciò che ho vissuto sono ancora vivide: il suono assordante, il caos, la sensazione di un'impotenza totale. Non riesco a distogliere lo sguardo dallo schermo, le parole escono di getto, a volte senza senso, a volte troppo crude. Non mi preoccupo di essere politicamente corretto, non ora. Quello che scrivo è la mia verità, la verità di un'esperienza che non avrei mai voluto vivere.

Il cuore mi batte forte, eppure sento una strana calma mentre continuo a scrivere. Sto riversando tutto in questo articolo, ogni emozione, ogni dettaglio. Non mi importa del titolo, delle regole stilistiche, delle opinioni degli altri. Questo è il mio racconto, la mia testimonianza, e non posso fermarmi finché non ho detto tutto.

Le mani tremano, ma non posso permettermi di smettere. Ogni parola che scrivo è una parte di me che sto lasciando andare. E quando alla fine, con un ultimo colpo di tasto, finisco di scrivere, mi lascio cadere indietro sulla sedia. Sono esausto, svuotato e sollevato in modo inaspettato. Forse, dopotutto, mettere nero su bianco questo dolore è stato l'unico modo per poterlo affrontare.

Non servono riletture. Il testo è lì davanti a me, pronto per essere pubblicato e dato in pasto ai lettori.

Non indugio molto prima di cliccare sul tasto "pubblica", non mi domando cosa potrebbe accadere. So solo che già vedere la mia storia lì, sullo schermo davanti ai miei occhi, mi fa sentire meno malato.

Questa è la mia storia e come altre è degna di essere raccontata, letta e forse anche giudicata.

Devo dimostrare a me stesso che posso fare un passo del genere. Perché è con me stesso che sto facendo la guerra, non con il mondo o con il passato: solo con quel cazzone di Dan di due anni fa, che ancora oggi domina gran parte della mia vita.

Bevo l'ultimo sorso di caffè ormai freddo rimasto nella tazza, inspiro lentamente e poi clicco sul bottone che invierà il testo a tutta la mailing list e nell'universo del web. E da lì non potrà mai più essere cancellato.

Devo far sapere a tutti ciò che è successo in Afghanistan.

E ora è il momento di andare a riprendermi Priya.

CAPITOLO 35

Priya

Mia madre apre la porta a Ravi. «Benvenuto nella nostra casa!» Si è agghindata neanche dovesse essere lei a presentarsi al futuro marito.

Con il cerchio alla testa dato dalla serata di ieri, il peso nello stomaco che proprio non si alleggerisce e i membri della famiglia schierati in un ordine quasi militaresco, accolgo Ravi, seguito da mio fratello Arjun. Mio padre gli stringe la mano e come sempre pronuncia la parola "figliolo", mentre mia nonna avrà già fatto la scansione completa dell'aura per comprendere al meglio anima, dharma e karma.

Con i suoi occhi scuri e un sorriso da copertina – un bianco così splendente non l'ho visto nemmeno sulle copertine dei magazine che ha in casa Tessa – saluta tutti in maniera tradizionale, con paroline affettuose, quasi facesse davvero parte della famiglia.

«Ogni amico di Arjun è come un altro nipote» dice nani, prendendogli una mano tra le sue e guardandolo dritto negli occhi. Lo sta analizzando, sì. Ora ne sono proprio sicura.

«... e magari diventerai pure "amico"» mia madre mima le virgolette nell'aria «di nostra figlia.»

Nani e io ci voltiamo verso di lei, entrambe con uno sguardo indicativo.

«Mamma, il tuo vero figlio è qui, comunque.» Arjun si sta godendo la scena alle spalle di Ravi. «Okay che è la prima volta che viene qui, ma è un essere mortale come tutti, non una delle nostre divinità.»

«Come ti permetti di parlare così del tuo amico?» Mia madre rimbecca subito il suo figlio maggiore e, per una volta, non sono io la figlia cattiva o sconsiderata.

«Signora Neelam, non si preoccupi, Arjun e io siamo molto amici... A Boston ne abbiamo combinate un po' di tutti i colori.»

«Mmm.» Nani attira l'attenzione di Ravi e gli fa segno di non andare avanti.

Beata innocenza. Ravi non sa ancora che è andato a finire nella fossa dei leoni. Anzi, la tana delle tigri del Bengala.

«... intendevo dire che mi ha aiutato in molte situazioni ed è anche grazie... grazie a lui che sono la persona che vede ora.» Si riprende in modo magistrale e, mentre si toglie la giacca che nani appende all'appendiabiti, mi lancia uno sguardo e mi fa l'occhiolino.

Per un breve momento mi lascio trasportare da quel gesto, non so quanto disinteressato, ma che mi ha fatto dimenticare il disastro di ieri sera.

«Allora, figlioli, la tavola è pronta! Cosa aspettiamo ad andare di là?» Mio padre cattura l'attenzione di tutti con due battiti di mani.

Nel giro di cinque minuti siamo tutti seduti e i piatti sono già quasi pieni. Mia madre si è premurata di mettere i segnaposto e – non poteva essere altrimenti – mi ha piazzata alla destra di Ravi.

«Allora, Ravi, mi hanno detto che sei uno scienziato e di grande successo per giunta!» Mia madre gira con il vassoio di pollo *tikka masala* per servire tutti e mi fulmina con lo sguardo, quando vede che mi siedo invece di prendere un'altra portata e aiutarla.

Cosa si aspettava? Che mi mettessi il sari da festa e mi comportassi come esige la tradizione indiana? Non sarò mai così. L'ho giurato il giorno in cui ho sentito i miei parlare di me come se fossi una reietta invece di una scienziata. "Non possiamo mica buttarla fuori di casa" ho sentito dire a mio padre e mia madre rispondeva: "Magari tornerebbe con la testa sulla Terra, invece di volersene andare sulla Luna, su Marte o dove diavolo vuole andare!".

Da quel momento ho giurato che, anche se non avessi potuto permettermi un'altra dimora, avrei comunque tenuto fede ai miei principi. Sono una donna, voglio essere gentile, ma non mi farò usare per questa farsa.

«Sono uno scienziato, sì. Se di successo lo diranno solo le generazioni future... D'altronde, qui dentro uno scienziato di successo c'è già: la prima donna che – ne sono sicuro – un giorno o l'altro metterà piede su Marte!»

L'acqua che stavo bevendo mi va di traverso e per un pelo non la sputacchio fuori.

«Scusate» cerco di dire con la voce strozzata.

«Non fare la modesta, Pri» aggiunge Arjun, mentre sgranocchia una carotina. Non l'ha mai fatto in modo plateale e davanti ai miei, ma lui mi ha sempre sostenuta.

«Priya non andrà su Marte» tuona la voce di mia madre, che appoggia sul tavolo con un tonfo la pirofila del pollo ormai vuota.

Ci osserviamo e penso che tutti possano percepire l'elettricità che sta per trasformarsi in fulmini.

«Non ci andrò *per ora*, mamma. Ma presto lo farò» ribatto a denti stretti.

«Be', Priya farà comunque parte dell'equipaggio della prima missione analoga che simulerà in tutto e per tutto la vita sul pianeta rosso» si inserisce nella discussione ancora Ravi, che ora mi osserva con la coda dell'occhio.

«... con la piccola differenza che sarà ancora sulla Terra, quindi se dovesse succedere qualcosa, tra lei e questo pianeta ci sarà soltanto una porticina e non migliaia di chilometri...» dice mia madre, che per una volta sembra essersi ben documentata, solo per il gusto di sminuirmi.

«Milioni, mamma. Per la precisione c'è una distanza media di 225 milioni di chilometri... e comunque sarebbero ancora pochi per allontanarmi da qui...» ribatto con lo sguardo fisso sul piatto, dove coltello e forchetta stanno facendo a gara a chi disossa prima il pollo.

«Naina, lasciala in pace, 'sta povera ragazza. Ha raggiunto

cose inimmaginabili...» interviene nani per placare un po' gli animi.

«Tu la difendi sempre!» Mia madre si siede a tavola e fa cenno a tutti di cominciare a mangiare.

Com'è che dal successo nel lavoro di Ravi, siamo passati a me e ai miei piani per il futuro?

«Dai, Naina, ora mangia e lascia perdere, non è il momento.» Mio padre cerca di intervenire a bassa voce per non farsi sentire da tutti, anche se con il tono che lo contraddistingue è impossibile non sentirlo.

Mia madre inizia a riempirsi la bocca di tutto, non l'ho mai vista così, e per qualche istante a tavola regna il silenzio più assoluto.

Il mio sguardo torna fisso sul piatto davanti a me, devo trattenermi. Non voglio sbottare. Devo risparmiare le mie energie fisiche, mentali e psicologiche per la missione.

Pur non essendo su Marte, sarà come se lo fossi. Il pericolo sarà solo simulato, ma tutti i dati raccolti saranno utili nel momento in cui metteremo davvero piede sul Pianeta Rosso. Non posso permettermi di fallire, soprattutto non posso farlo a causa delle energie nefaste che provengono dalle vibrazioni negative di mia madre.

«Signora Neelam, non vorrei rendermi antipatico e soprattutto mancarle di rispetto nella sua casa, visto che sto mangiando questo ottimo pranzo al suo tavolo, ma da quando ieri sera Priya mi ha raccontato della missione, ho passato la notte a fare ricerche e deve credermi: non sarà per nulla facile per lei stare rinchiusa in quell'habitat per più di un anno.» Ravi mangia e parla in maniera così elegante e chiara che tutti stiamo a fissarlo sorpresi. Mia madre compresa.

Lo guardo con un *samosa* già mordicchiato in mano. Sta parlando al posto mio, sta prendendo posizione e mi sta difendendo davanti a mia madre, nonostante sia la prima volta che è qui e nella cultura indiana un comportamento così è considerato una totale mancanza di rispetto.

«Mmm.» Mio padre si schiarisce la voce e osserva prima Ravi e poi me.

Nani mangia con tranquillità e con quell'aria da osservatrice esterna che la contraddistingue. Nessuno può contraddirla: è la più anziana e tutti, compresa sua figlia, devono portarle rispetto.

«Be', io... io non volevo dire questo, Ravi» mia madre balbetta e abbassa lo sguardo.

Mi volto di nuovo verso Ravi e vedo che ha un sorrisino che mi attrae.

Mi fa di nuovo l'occhiolino.

«Volevi proprio dire quello» dice mia nonna come una voce fuori campo.

Arjun ridacchia: evidentemente si sta godendo questo ennesimo spettacolo dato dalla nostra famiglia con protagoniste me e mia madre. D'altronde lui è maschio e l'ha avuta in discesa, l'esistenza. Voleva fare l'avvocato? Prego: gli hanno steso il tappeto rosso e hanno investito i risparmi di una vita per farlo studiare. Tanto per sua sorella dovevano solo tenere da parte la dote per il matrimonio.

«È comprensibile la sua preoccupazione, signora Neelam» continua Ravi. «La sua unica figlia, così splendida e intelligente, che sta facendo il primo passo per andare su Marte... perché io ci credo che ci andrà e penso che lo creda anche lei. Chi vorrebbe un figlio così lontano?»

Astuto, Ravi. Sta riprendendo in mano la situazione. Si sta intortando mia madre come nessuno al mondo avrebbe mai fatto. Sta giocando sui sentimenti.

«È... è proprio quello che intendevo dire.» Lei annuisce come una bambina che sa di averla fatta grossa, ma che vuole recuperare la faccia a tutti i costi.

Ehi, ma mi ha dato della splendida? Mi sento il viso avvampare. Mi sento osservata. Guardo mio fratello e ha un ghigno dipinto in faccia, quasi a volermi dire: "te l'avevo detto io".

Quando tutti hanno finito di godersi il pranzo e io sento l'impellente bisogno di alzarmi dal tavolo e di allontanarmi, lo faccio con la scusa di sparecchiare. Questo l'ho sempre fatto volontariamente, non perché me l'abbia imposto mia madre.

Grazie al *savoir faire* di Ravi, alle domande di nani sulla sua famiglia, i suoi studi e la sua attività da imprenditore, il clima è tornato disteso, e io posso agire senza che nessuno se ne accorga.

Porto tutto di là e inizio a sciacquare i piatti prima di metterli nella lavastoviglie.

Ogni tanto mi riappare il viso di Dan, la percezione del suo corpo così vicino al mio. Eravamo così vicini, eravamo quasi "noi". E poi è bastato solo un attimo, un millimetro, perché tutto si accartocciasse su se stesso.

«Ehi...» sento dire alle mie spalle e la mia mente torna subito al presente. Mi giro e vedo Ravi con in mano il suo bicchiere. «Mi hanno detto che posso chiedere a te un bicchiere di *chai* freddo.»

«Bevi il *chai* dopo pranzo?» chiedo, mentre cerco di non farmi coinvolgere troppo nella conversazione.

«Lo bevo prima o dopo e a volte anche dopo la sbornia. L'hai già provato come anti sbornia?» Sorride avvicinandosi a me.

«Be', avresti dovuto dirmelo prima: fino a poco fa avevo uno di quei cerchi alla testa che spero di non avere mai più nella mia vita.» Mi asciugo le mani e prendo la brocca di *chai* che mia madre prepara sempre e lascia raffreddare lentamente.

«Be', con una madre così, i mal di testa saranno all'ordine del giorno.» Ridacchia.

Mi strappa un sorriso. «Tosta, eh?» ammetto.

Annuisce. «Mi potrei sbagliare, ma mi pare tu lo sia di più. Quelli che devono aver paura in questa casa sono tuo padre e tuo fratello!»

«Per questo Arjun si è trasferito a Boston!» esclamo con tono divertito.

Era da un po' che non mi sentivo così leggera a parlare con qualcuno. Senza dietrologie, senza chiedermi se sotto c'è qualcosa, se c'è amore, se non c'è, se è solo sesso o altro.

«Senti, lo so che tutto questo» fa un cenno con la mano indicando la sala da pranzo «è stato architettato per farci conoscere e farci mettere insieme e so benissimo che tra qualche settimana parti e per oltre un anno nessuno più ti vedrà su questo pianeta...»

«Non vedo l'ora!» mi lascio scappare afflosciando la colonna vertebrale, quasi avessi lasciato andare tutta la tensione che avevo in corpo.

«E io posso comprenderti, credimi. La mia famiglia non è poi tanto diversa dalla tua» mi spiega sorseggiando il tè che gli ho versato. «Non è però che ti andrebbe di uscire con me una di queste sere? Nulla di impegnativo. Insomma, più che altro per conoscerci come scienziati e per parlare di cosmo...»

La richiesta mi coglie di sorpresa, pensavo recitasse solo una parte, e invece a quanto pare gli interesso. «Non so se sia una buona idea» gli dico mentre continuo a ripulire la cucina.

«Perché? Oltre a trovarti con uno che ne sa qualcosa di buchi neri e che riesce a riconoscere le costellazioni, tua madre magari ti darà un po' di tregua fino a quando non partirai!»

«Ecco, quello sarebbe l'unico motivo per cui magari accetterei il tuo invito.» Sorrido.

Il volto di Dan, il suo respiro, il suo indietreggiare mi compaiono come un lampo nella mente.

«Ho solo una domanda da farti, prima che tu ti butti su di me» dice. È simpatico, ci sa fare anche con una come me.

Gli faccio un cenno per invitarlo a porla.

«Quel Dan... c'è qualcosa tra di voi? State insieme? Ho visto una certa tensione ieri sera.»

«No!» Lo blocco subito.

La sua espressione sorpresa mostra che forse ha già capito tutto.

«No» ripeto con meno foga. «Siamo solo amici di lunga data, immaginati che andavamo a scuola insieme, io, lui e Tessa. Ha avuto un brutto periodo. L'incidente in moto, sai... E ieri era una serata alquanto storta per lui.»

Finisco di spiegare e sento un senso di nausea che inizia a impossessarsi di me. Sto mentendo. Sto sminuendo ciò che ho provato per Dan.

«Sicura?» chiede lui avvicinandosi. Questo ragazzo profuma di serietà e soprattutto di leggerezza.

«Sicurissima...» dico mentre poggio lo straccetto con il quale ho appena asciugato l'acqua sul piano cucina. «Quando volevi propormi l'appuntamento?»

CAPITOLO 36

Dan

Il vento mi taglia il viso mentre sfreccio sul ponte di Williamsburg, la mia moto che urla sotto di me come un animale selvaggio. Il rombo del motore rimbalza tra le arcate di acciaio, mescolandosi al caos del traffico di New York, che si estende tutt'intorno.

Le luci della città brillano in lontananza, un mare di bagliori che si riflettono sull'East River. Non c'è un posto dove andare, nessun punto fisso all'orizzonte. Solo la strada davanti a me, il ritmo della mia respirazione che si sincronizza con quello dei pistoni. Non penso a niente.

Sento la libertà e ritrovo una parte di quel Dan che credevo ormai perduta per sempre.

La verità è che non mi pento di niente. Quando ho cliccato su "pubblica" e ho visto l'articolo andare online, ho finalmente strappato via l'ultimo strato di pelle che mi teneva prigioniero. L'articolo non è una confessione. È la mia storia. Ho raccontato chi ero, cosa mi è successo e ho sputato fuori tutta quella parte di me che avevo tenuto nascosta, che mi ha divorato per anni.

L'ho fatto per me stesso. Perché non potevo più continuare a vivere come un codardo.

E l'ho fatto per Priya, per noi due. Se esiste ancora una minuscola, remota possibilità che il momento dell'altra sera possa ripetersi, se potessi riavvolgere il nastro e buttarmi sulle labbra di Priya per sugellare ciò che provo per lei, sfrutterei questa possibilità anche se dovessi perdere tutto il resto.

La moto corre per andare a riprendere Priya. Prima assaggio la mia ritrovata libertà e poi virerò verso casa sua.

Non so se lei si trovi lì in questo momento, ma l'aspetterei per ore con sua madre che mi osserva e giudica con lo sguardo arcigno.

La moto risponde sotto di me mentre piego in curva, rasentando i taxi gialli che si arrampicano verso Manhattan. Durante la scrittura dell'articolo, non mi sono preoccupato di cosa avrebbero detto gli investitori del giornale, delle conseguenze. Non potevo preoccuparmene. Aidan invece sì. Me lo vedo già lì nel nostro ufficio, che cammina avanti e indietro come un pazzo. Ha sempre avuto paura del rischio, e forse io ho appena gettato una granata nel bel mezzo del nostro lavoro. Ma questa volta non mi interessa, perché c'è ben altro in palio. C'è la mia marziana, c'è la mia vita. Ci sarà un prezzo da pagare? Forse, ma ora devo pensare ad andare a riprendermela.

Lo schermo del telefono, fissato al supporto sul manubrio, si accende. Aidan, ovvio. L'ho già ignorato quattro volte, ma il suo assalto continua. Rallento su una strada laterale e mi fermo davanti a un vecchio diner. Spengo la moto e resto lì, il casco ancora in testa, le luci al neon che ronzano sopra di me. Le parole di Aidan sono quasi tangibili. Non rispondo ancora alla chiamata, ma so cosa sta per dirmi.

Faccio un lungo respiro, poi lascio uscire il vapore dalla bocca che si dissolve nell'aria fresca primaverile della sera. Estraggo il telefono e apro la comunicazione.

«Cazzo, Dan, dove sei? Hai idea del casino che hai combinato?» sbotta Aidan dall'altro lato

«Aid, l'ho fatto! Ci sono riuscito!» Cerco di fagli capire che non mi interessa nulla, se ciò che ho fatto mi ha permesso di ritrovare me stesso. «Ho bisogno di un attimo per schiarirmi le idee.»

«Schiarirti le idee?» Ride, ma non si sta divertendo. «Hai appena pubblicato un articolo che racconta tutta la tua storia. Hai idea delle chiamate che sto ricevendo? Gli investitori iniziano a storcere il naso. Alcuni addirittura stanno minacciando di ritirarsi.»

Mi lascio cadere contro la sella della moto, la mano stringe il telefono come se fosse la mia ancora di salvezza. «L'ho fatto perché era giusto, Aid. Sapevo cosa stavo facendo. E non mi dispiace affatto. E tu sai cosa ho passato in questi due maledetti anni!» Perché non sento più il supporto del mio migliore amico?

Aidan sbuffa forte. «Non è solo di te che si tratta, Dan. Questo riguarda tutti noi. Hai messo tutto in gioco: il nostro lavoro, il nostro futuro...» Fa una pausa e sembra che tutto il mondo stia trattenendo il fiato. «Lo sai che mi dispiace tanto per ciò che ti è successo, ma potevi perlomeno avvisarmi, così avrei trovato un modo per prepararmi a questa sorta di disastro!»

«Forse avrei dovuto fare così, sì. Ma non mi pento di nulla» gli dico. «Scusa Aid, ora *devo* veramente andare.» Lo so, mi sto comportando da stronzo con una persona che c'è sempre stata, ma prima o poi – ne sono sicuro – capirà. E tutto andrà bene. Le persone capiranno e la cosa si sgonfierà.

«Stai andando da lei, vero?» Il tono è diverso, non è più arrabbiato e inquisitorio come prima. È quello di una persona che sembra aver capito tutto, è quello di un fratello che pensa che hai fatto una cazzata per uno scopo più alto.

Guardo le luci della città che continuano a brillare in lontananza, il traffico che si muove lento e costante come un fiume. «Vado a riprendermela, Aid.»

Chiudo la chiamata e rimango lì, il casco ancora in testa, le luci del diner che illuminano la notte attorno a me. La mia mano si stringe di nuovo sul manubrio. Prendo un altro respiro profondo e sento l'adrenalina che mi scorre nelle vene. Sento il richiamo della strada. E so che non ho finito di correre.

CAPITOLO 37
Priya

«Priya, è arrivato Ravi!» Mia madre urla come se fosse lei a dover uscire con lui. Chiaramente, io non volevo dirle nulla, ma Arjun le ha spifferato tutto. Non poteva rimanersene a Boston senza causarmi tutti 'sti casini?

«Sì, mamma... lo so» rispondo, mentre mi lego i capelli nella solita coda di cavallo, davanti allo specchio della mia camera. Niente trucco, solita mise casual e il gioco è fatto.

Non so neanche perché io lo stia facendo. Al di là del mio imminente ingresso nell'habitat per la missione, Ravi mi piace? Non mi piace? Lo trovo affascinante solo perché potrebbe mettere fine alla discordia in famiglia e perché è un nerd e scienziato come me? Non lo so, e forse è meglio così. Perché il sapore di Dan è ancora troppo forte, è nelle mie cellule e forse, alla fine, è solo questo il motivo del mio appuntamento con Ravi.

Esco dalla mia stanza e scendo di sotto. Mia madre l'ha già fatto accomodare e gli ha offerto del *chai*.

«Ciao, Priya.» Ravi mi saluta e mi dà un bacio sulla guancia. Guardo mia madre e mio padre di sottecchi. Lei sembra un'altra persona: ha l'espressione felice e beata tipica di una madre indiana che sta per dare in sposa sua figlia. «Non volete rimanere qui a cena?» chiede con speranza.

«Signora Neelam» esordisce Ravi «la prossima volta volentieri, ma per stasera mi dedicherò unicamente a conoscere meglio la sua bellissima figlia» risponde come un perfetto gentiluomo, incantatore di serpenti... e di madri.

«Certo, Ravi, capisco benissimo.» Lei si gira verso di me e mi fa l'occhiolino. Mia madre che fa l'occhiolino a me? Alla figlia che fino a cinque minuti fa era la sua maledizione, la sua condanna e la pecora nera della famiglia? «Andate e divertitevi!»

Per farla felice ci vuole solo una cosa: un futuro marito. Aspetto solo che capisca che Ravi non lo è e non lo sarà mai per vedere la sua reazione. Altro che popcorn. Ma a quel punto forse sarò già in missione e questo mi salverà da musi lunghi, frecciatine e il costante ricordarmi che sono solo la più grande delusione della sua vita.

Prendo Ravi per un polso e lo trascino fuori di casa, prima che lei ci ripensi e si metta a fare pressione per farci rimanere lì. «Sì, ciao mamma! Ciao papà!»

Chiudo la porta dietro di me, scendiamo gli scalini esterni e, in quell'esatto momento, sento che qualcosa dentro di me è diverso.

Mi accorgo di tenere ancora il polso di Ravi, lo lascio e mi fermo. «Scusa, ma meglio scappare.» Ridacchio. Riesco a respirare. Riesco a sorridere. Riesco a sentirmi leggera, senza pensare a come andrà, senza aspettative di sorta.

«Hai fatto bene! Tua madre è proprio tosta!»
Entrambi ci voltiamo verso la casa e notiamo la tenda oscillare, con una figura in movimento che si intravede dietro di essa.
«... ed è una spiona.» Rido, e questa volta lo faccio di gusto. In altre occasioni, queste ingerenze nella mia vita da parte sua mi fanno arrabbiare, ma stasera è diverso.

D'altronde va tutto bene: tra qualche giorno partirò per fare il primo passo che mi porterà su Marte e sto per passare la serata con un ragazzo intelligente e nerd come me.

L'aria è frizzante e fresca. Ravi mi guida fino alla sua macchina, una berlina sobria e curata, che riflette alla perfezione la sua personalità. Appena saliamo a bordo, lui mette in moto con un'espressione misteriosa sul volto.

CAPITOLO 38

Dan

Mentre svolto l'angolo della strada nella quale abita Priya, il cuore mi martella nel petto, come se volesse sfondare il giubbotto di pelle. Stringo il manubrio, le nocche sono bianche. Non posso più tornare indietro. Ho passato ore, giorni, anni a tormentarmi per ogni cosa e a convincermi che non c'era altro da fare se non parlarle, dirle tutto, mettere a nudo le mie paure, i miei errori. Priya merita questo, e io merito almeno una possibilità di spiegarmi.

Respiro a fondo e mi costringo a mantenere il controllo. Accosto e la vedo subito. Lei, Priya. È a bordo di un'auto. E non è sola.

Alla guida del veicolo c'è Ravi.

Il cuore mi si ferma e per un istante non riesco nemmeno a respirare. Ravi è lì, vicino a lei, troppo vicino. Sorride, e lei ride in risposta, con quella risata che conosco così bene, che mi fa male solo a sentirla. La mia mente si spegne. Tutto diventa ovattato, distante.

Un piede piantato a terra, la moto in bilico sotto di me. Il tempo sembra rallentare, come se il mondo avesse deciso di mettermi alla prova ancora una volta. Mi dico che potrebbe non essere quello che sembra, che magari è lì solo perché è uno dei migliori amici di Arjun, che non c'è niente tra di loro. Ma quella voce dentro di me è debole, quasi ridicola.

Lei sembra serena, e non è da Priya esserlo. E Ravi la guarda come se fosse l'unica persona al mondo. Mi sento come se stessi osservando qualcosa che non avrei dovuto vedere, un quadro che mi è stato tolto senza che me ne accorgessi.

Vorrei avanzare, gridare il suo nome, fare qualcosa, qualsiasi cosa. Ma resto immobile, paralizzato dalla paura, dal dolore, dalla rabbia che mi attanaglia il petto. Che diritto ho di interrompere? Che diritto ho di pretendere una seconda possibilità, quando sono stato io il primo a voltarle le spalle?

Priya non mi ha visto. Nessuno dei due mi ha notato. Sono invisibile qui, nascosto nell'ombra dell'angolo. Non è così che doveva andare. Avrei dovuto farmi vedere, correre da lei, spiegarle tutto. Invece sono fermo, bloccato dall'idea che forse è troppo tardi.

Li guardo mentre si allontanano. Ogni metro che l'auto percorre è come una pugnalata. Sento un'ondata di frustrazione, di rabbia montare dentro di me. Perché sono sempre così? Perché non riesco mai a fare quello che dovrei?

Stringo i denti, sento la mascella contratta, il cuore che batte a un ritmo furioso. È troppo tardi, me lo dico ancora una volta. Troppo tardi per me, troppo tardi per noi. Forse lo è sempre stato.

Alla fine, faccio quello che so fare meglio: riaccendo il motore, giro la moto e me ne vado. Lascio che il rumore copra i miei pensieri, sperando che almeno questo mi dia un po' di pace. Ma so che non succederà. So che l'immagine di loro due insieme mi perseguiterà per molto, molto tempo.

Faccio un'altra curva, il vento mi sferza il viso e sento il sapore amaro della sconfitta sulla lingua. Avrei potuto restare, gridare, lottare per lei. Invece sono qui, di nuovo, a fuggire.

CAPITOLO 39
Priya

«Allora» mi allaccio la cintura «dove stiamo andando?» Cerco di decifrare il suo sorriso enigmatico.

«È una piccola sorpresa» risponde, i suoi occhi brillano di una luce divertita. «Ma sono sicuro che ti piacerà.»

Nessuno ha mai cercato di farmi una sorpresa. Non che mi sia mai interessato, non che io sia una da appuntamento romantico con sorpresa, ma è come se oggi volessi abbandonare a casa la Priya-rompipalle e dare spazio alla Priya-che-può-lasciarsi-andare.

Durante il viaggio, mi perdo per un attimo nei miei pensieri, il mio sguardo vaga fuori dal finestrino, osservando le luci del Queens che scorrono via, sempre più lontane. E poi la mia mente torna lì, a Dan. Il mio corpo ripercorre quelle sensazioni: il cuore che batte all'impazzata, il respiro corto, la voglia di buttarmi fra le sue braccia. Mi sembra di sentire tutto questo, di immergermi in quell'espressione...

«Tutto bene?» Ravi mi riporta alla base.

Scuoto la testa. «Sì... certo.» Mi volto verso di lui e sorrido.

Dopo un po', la direzione diventa chiara. «Andiamo al William Miller Sperry?» chiedo, e non posso fare a meno di sorridere. Solo un nerd come me poteva proporre un appuntamento in un osservatorio astronomico.

Ravi annuisce con un piccolo sorriso compiaciuto. «Dire che so quanto ami le stelle è riduttivo, quindi ho pensato di fare qualcosa di diverso dalla solita cena.»

Il calore delle sue parole mi tocca e non posso fare a meno di ammirare il suo sforzo.

Entriamo nell'osservatorio, un piccolo gioiello nascosto tra gli alberi del New Jersey, e Ravi mi conduce con sicurezza verso una delle cupole dove sono ospitati i telescopi.

È un luogo intimo, più raccolto rispetto ai grandi planetari a cui sono abituata, ma ha un fascino unico.

«Sai, non porto molte persone qui» mi confida, mentre ci dirigiamo verso il telescopio principale «ma ho pensato che potessimo sentirci un po' più vicino al cielo, prima che tu parta per la missione...»

Non posso fare a meno di sorridere. È la prima volta che ho un appuntamento del genere, è una sensazione strana, ma quasi piacevole.

«E ceni qui spesso, invece?» gli chiedo, dopo aver scorto un tavolino imbandito all'interno dello spazio che ci circonda.

«Ogni tanto.» Si gira e mi fa l'occhiolino. «Non pensare a champagne e caviale...»

«Sono più tipa da hamburger e patatine fritte» gli rispondo, avvicinandomi alla tavola e prendendo una patatina dal cestino.

«Ma gli astronauti possono mangiare questo genere di cose?» chiede lui, poi sposta la sedia e mi fa accomodare.

«Certamente! L'importante poi è bruciare tutto sul tapis roulant!» esclamo mettendomi in bocca ancora un paio di quei pezzettini di cielo.

Sarà la prospettiva di ritirarmi dal mondo per più di un anno, ma negli ultimi tempi sembra che i miei sensi siano più acuiti, e tra questi anche il gusto.

«Tu ne devi passare tanto di tempo ad allenarti!» mi dice lui.

«Oh, sì, ma passo tanto tempo pure a tavola e davanti al frigorifero.»

«Vino?» mi chiede.

Annuisco. «Ecco, il vino è una di quelle cose che mi mancherà in missione.»

«Non so come fai.» Riempie il mio calice e in seguito il suo.

«A far cosa?»

«A essere come sei...» Mi guarda e qualcosa nel mio stomaco si muove con quegli occhi neri e profondi.

Corrugo la fronte e cerco di interrogarlo con la mia espressione.

«Sei una splendida ragazza, con un qi sopra la media, assistente alla Columbia e sono sicuro che sarai uno dei primi esseri umani a mettere piede su Marte. Vieni da una modesta famiglia tradizionalista indiana e di nobil animo... Sei vera, Priya Neelam?»

Il cuore ha un sussulto. Sento che qualcosa dentro di me sta cambiando. Non sono brava a gestire i sentimenti, e faccio fatica a capire se ciò che provo sia interesse, semplice curiosità per la novità, o il risultato di tanti pezzi di puzzle che, uniti, compongono un'immagine perfetta: Ravi e io.

E forse lo è, troppo perfetta. L'amore deve essere perfetto?

«Se lo chiedi ai miei, fino a ieri ero la figlia che ha rinnegato le sue origini e le sue tradizioni per rincorrere il sogno di andare su Marte» cerco di sviare. Lo so, il suo era un tentativo di corteggiamento e non sono mai stata corteggiata così, ma non mi sento a mio agio.

«Be', ma io sono qui con te, non con i tuoi genitori...» Mi fa l'occhiolino.

Apre alcuni contenitori e da lì ne escono i profumi tipici degli hamburger.

«Buon appetito!» Mi fa segno di prendere quello che desidero.

«Mmm.» Addento il primo hamburger e mi sciolgo.

«Buoni, eh? Ho trovato questo posticino dove fanno gli hamburger più buoni che io abbia mai mangiato...»

«Mi devi dire dov'è» dico.

«Ti ci porto la prossima volta» mi dice lui con naturalezza.

La prossima volta? Ci sarà una prossima volta?

Mi blocco, ci guardiamo e lui appoggia il suo hamburger sul piatto.

«Okay, capisco» mi dice.

«È che... Lo sai, devo andare in missione... Ha senso pensare a una prossima uscita?» chiedo, mentre anche io appoggio il mio cibo sul piatto, ingurgito l'ultimo boccone e mi pulisco con il tovagliolo.

«Se si tratta di te, ha sempre senso...» Allunga una mano sul tavolo e sfiora la mia. Con dolcezza, con speranza, con rispetto. Con pazienza. E forse è solo questa che ci vuole, con me: pazienza.

Prende in mano il calice di vino e lo innalza. «A te, Priya, la mia marziana.»

Faccio per prendere il mio e ricambiare il gesto, ma le parole *la mia marziana* rimbombano nella mia testa. La voce che echeggia, però, non è quella di Ravi.

Mi do uno scossone mentale e provo a ritornare nel presente, cercando di godermi il momento e alcuni dei sapori che per un po' non potrò più gustare.

«Devo ammetterlo, Ravi...» prendo l'ultimo goccio di vino e mi alzo dalla sedia «questo posto ha un'atmosfera speciale.»

Con il calice ormai vuoto in mano e con una dolce ebbrezza data dalla bottiglia che abbiamo bevuto insieme, faccio il giro dello spazio sovrastato dalla cupola.

Il telescopio è al centro di essa e la strumentazione è ai suoi piedi.

«Grazie, Priya» dice lui alzandosi a sua volta.

Nonostante sia stata chiara sin dall'inizio riguardo alle mie intenzioni, Ravi non si dà per vinto. Ma non lo fa in modo maldestro, noioso o aggressivo. È come se sapesse che tra di noi ci sarà per forza qualcosa. È come se avesse un'incrollabile fiducia in noi. In me.

Ma cosa diavolo sto dicendo? Questi non sono i discorsi di una futura astronauta che sta per andare in missione. Questi non sono i discorsi della Priya che conosco. Cosa mi sta facendo questo ragazzo?

Anche lui fa il giro della stanza, ma nell'altro senso. Ad un certo punto ci ritroviamo a meno di un metro di distanza: entrambi appoggiati con un lato del corpo alla parete, entrambi rilassati dall'alcol in corpo, entrambi curiosi di scrutare chi abbiamo davanti.

Compie un passo verso me e ora siamo più vicini di quanto lo siamo mai stati.

«Non vorrei metterti pressione, ma...»

«Dimmi» mi vien da dire quasi senza voce. Cosa mi succede? Perché provo ciò che sto provando? Perché sto *provando* qualcosa?

«... sicuramente ne sai più di me riguardo a stelle, buchi neri eccetera, ma voglio farti vedere una cosa speciale.» Sento il suo respiro sulle labbra. Siamo solo vicini, non ci sta provando, o almeno non sembra, non sta per baciarmi, o almeno non credo, ma l'unica cosa che il mio cervello mi sta inviando è un grande e grosso messaggio di allerta.

Mi ritraggo di un passo e mi giro verso il telescopio gigante. «Certo! Sono sempre pronta per l'osservazione dello spazio!»

Mi allontano da lui alla velocità della luce e inizio a osservare la strumentazione presente. Faccio finta di armeggiare con qualche tasto; in realtà questi strumenti li ho usati solo un paio di volte nella mia vita da astrofisica, ma devo fargli capire che non sto provando nulla per lui.

«Ti ho portata in questo osservatorio» inizia lui, mentre si avvicina e si china sulla strumentazione «perché proprio qui sono stati i primi a voler testare il software che ho sviluppato per la ricerca delle stelle basato sull'intelligenza artificiale.»

Lo osservo: è concentrato, armeggia con i tasti della consolle e ha la fronte corrugata in un'espressione che potrebbe spingermi a fare qualche cavolata.

Scrollo la testa.

«Sai come funziona?» mi chiede.

«No, non ho ancora avuto modo di imbattermi nella tua super-tecnologia, però ne ho già sentito parlare» rispondo, quasi nascondessi qualcosa.

«Vieni.» Mi fa segno di accomodarmi davanti a lui, sulla sedia preposta all'osservazione del cielo.

Mi accomodo e lui inserisce una serie di codici sul display del telescopio. «Inserisco i codici collegati al software, il sistema mi conferma, sullo schermo, che sono corretti e fa tutto in automatico.»

Il suo avambraccio è praticamente davanti ai miei occhi, le sue mani sono forti.

Dan. L'immagine di Dan si intrufola nei miei pensieri, come se il mio essere stesse percependo che mi trovo davanti a un pericolo. Il pericolo di perderlo per sempre.

«Tutto bene?» mi dice lui, che sembra leggere nei meandri

di ogni mia microespressione. Non so se aver paura di questa cosa o se esserne felice. Quante donne vorrebbero che i loro uomini leggessero nella mente?

«Sì...» rispondo deglutendo. «Tutto a posto. Ogni tanto la testa mi va ad altro» mento.

«Ad esempio... su Marte?» Sorride.

«Ad esempio.» Cerco di sorridere di rimando, ma è molto probabile che sembri falsa. Perché mi sento falsa.

«Ora confermiamo il tutto su questo splendido telescopio.» Pigia un paio di tasti, si allontana e poi, avvicinandosi al mio orecchio, sussurra: «... ed ecco lì la tua prossima destinazione.»

Mi avvicino all'oculare e un brivido mi percorre la schiena.

«Marte...»

Certo, non è la prima volta che lo vedo, l'ho già guardato in diretta all'osservatorio, in migliaia di foto e video. L'ho studiato e sto pianificando di andarci da anni... Ma stasera è diverso.

«Fantastico...» Non posso fare altro che dire questo.

«Già, come la prima donna che ci metterà piede...»

Mi stacco dall'oculare un po' presa alla sprovvista.

Ravi ha uno sguardo che esprime tutto il suo desiderio per me, e per una volta la cosa non mi turba.

Gli sorrido. D'istinto avrei iniziato a parlare, a distrarlo da un momento così, ma proprio ora qualcosa mi dice di lasciarmi andare.

Sarà il vino, sarà Ravi con la sua intelligenza ed eleganza, sarà forse l'influenza di Marte.

Ravi si avvicina, si china su di me e poggia le sue labbra sulle mie con una dolcezza infinita.

Inizio a ricambiarlo, metto le mie mani attorno al suo collo e le nostre lingue iniziano a scoprirsi.

Le mani di Dan appaiono. Il suo viso mentre è su di me non mi dà scampo.

Indietreggio di scatto.

«Ehi...» Ravi cerca di avvicinarsi di nuovo, ma io rimango immobile «...che succede?»

I suoi occhi mi scrutano, cercano di capire il perché di questa retromarcia.

«Io... io non posso, Ravi...» gli dico prendendogli le mani e guardandolo in quegli occhi che meritano di più di una ragazza che porta ancora il ricordo e le ferite di una situazione con un altro.

«Pri, non sono qui per impedirti di fare ciò che vuoi fare, di andare su Marte o altro.» Cerca di convincermi che noi possiamo essere qualcosa e che qualcosa possa nascere da noi.

Il mio sguardo fisso nei suoi occhi forse riesce a spiegare di più di quanto le parole possano fare ora.

Parole che non riuscirei a tirare fuori neanche parlando con me stessa. Parole che mi fanno paura solo a pensarle, ma che non posso fare a meno di vedere scolpite nella mia mente.

«Oh, ho capito...» Questo ragazzo così intelligente, sensibile, bello e di successo lascia le mie mani, fa qualche passo indietro e si siede davanti alla consolle. «Dan, vero?»

«Mi dispiace...» sussurro. E mi dispiace sul serio per lui, che forse è stata solo una sorta di pedina nel "gioco" tra me e Dan. «È complicato... e lo è sempre stato» tento di spiegargli, nonostante sia impossibile.

Ravi mi guarda e poi sorride. «D'altronde tu non sei una da cose facili.»

Muovo la testa per dire no.

Ci guardiamo per qualche istante, lui consapevole che tra di noi non ci sarà mai niente e io, forse finalmente consapevole, ma quasi terrorizzata, che devo trovare Dan, parlare con lui, dirgli tutto quello che sento. Forse non finirà come spero, ma non posso partire per la missione senza farlo. Se dovrò, lo costringerò a dirmi tutto ciò che pensa di noi, tutto ciò che sente per me. Non posso andare in missione con il cuore appesantito da ciò che è rimasto in sospeso.

È ora di affrontare quello che ho sempre saputo. È ora di ammettere che il mio cuore è destinato a un solo uomo.

CAPITOLO 40
Dan

L'ufficio è ancora avvolto da un silenzio innaturale, rotto solo dal ronzio del condizionatore, incapace di spezzare l'aria densa di tensione che mi avvolge. Sono seduto alla mia scrivania, ma la mente è altrove, lontano da questo posto.

Dovrei essere concentrato su ciò che conta davvero: il giornale, gli investitori, gli articoli, tutto il lavoro che ho lasciato andare alla deriva mentre mi perdevo nei miei pensieri e nelle mie paure. Ma c'è solo una cosa che mi importa in questo momento, una sola ossessione che mi consuma da quando l'ho vista con lui.

Priya.

Il suo nome mi rimbalza nella testa come un'eco che non riesco a fermare. È come un mantra, un richiamo costante che mi tortura, mi ricorda che ho perso ogni occasione di parlare con lei, di dirle ciò che provo. E ora il tempo stringe. Tra meno di una settimana, Priya partirà per Houston. La missione chapea durerà più di un anno. Niente contatti, niente messaggi, niente. Solo lei e l'isolamento in una simulazione di Marte, un mondo lontano dal mio. Un mondo dove non ci sarò io.

Aidan è appoggiato contro il muro vicino alla finestra, le braccia incrociate e lo sguardo attento puntato su di me. So che mi sta osservando, cercando di capire cosa mi passi per la testa. È sempre stato così, fin da quando abbiamo fondato questo giornale insieme.

«Se continui a guardare quel computer come se fosse la causa di tutti i mali del mondo, finirai per bruciarlo con lo sguardo» commenta, con il suo solito tono calmo ma fermo.

Scuoto la testa, cercando di scrollarmi di dosso il torpore. «Sto provando a capire come gestire questa situazione, Aidan. Gli investitori non sono tutti contenti per l'articolo, e i commenti sui social si dividono in diverse fazioni: chi mi reputa un eroe, chi un codardo e chi ancora si chiede perché io abbia dovuto raccontare questa storia.»

«Lo so» risponde, avvicinandosi alla mia scrivania. «Ma sono sicuro non sia solo quello a logorarti...»

Esito. Non voglio parlarne, ma non posso evitarlo. Aidan mi conosce troppo bene. «No» ammetto infine, massaggiandomi le tempie. «Ho visto Priya ieri.»

«Lo immaginavo» dice lui, con un piccolo sorriso comprensivo. «E com'è andata?»

«Non è andata» rispondo, sentendo il sapore amaro della frustrazione sulla lingua. «L'ho vista uscire con Ravi.»

Aidan alza un sopracciglio. «Ravi l'amico di suo fratello?»

«Già» confermo, stringendo i denti.

«Sei sicuro che ci sia qualcosa tra loro?» chiede Aidan, cercando di capire meglio.

«Sembravano... sembravano vicini» rispondo, abbassando lo sguardo. «Lui la guardava come se fosse l'unica persona al mondo.»

Aidan annuisce, riflettendo. «E tu cosa hai fatto?»

«Ho fatto quello che faccio sempre» dico con un sorriso amaro. «Ho girato la moto e me ne sono andato.»

«Sei venuto qui a nasconderti» conclude Aidan. «E ora pensi che sia troppo tardi.»

«Sì» sussurro. «È troppo tardi. E tra meno di una settimana lei partirà per Houston. Una volta lì, sarà isolata dal resto del mondo per più di un anno.»

Aidan rimane in silenzio per un momento, il suo sguardo si fa più serio. «Non pensavo partisse così presto...»

«A quanto pare prima deve fare una sorta di isolamento fino a quando non entrerà proprio nell'habitat.»

Aidan annuisce, riflettendo su ciò che ho detto. «Allora il tempo non è dalla tua parte.»

«Già» ribatto, alzando lo sguardo. «E non so cosa fare.»

«Dan» dice Aidan con calma, avvicinandosi ancora. «Sei venuto qui stamattina per seppellirti nel lavoro, come se questo potesse risolvere qualcosa. Ma la verità è che il tempo sta scadendo. Devi agire, adesso.»

«Ma come?» domando, la mia frustrazione è evidente. «Se davvero fosse troppo tardi? Se avesse già scelto Ravi, o chiunque altro, come potrei convincerla a cambiare idea?»

Aidan sospira e si siede sul bordo della mia scrivania. «Non puoi sapere cosa ha scelto finché non glielo chiedi. Devi smetterla di supporre, Dan. Devi parlare con lei, in modo onesto e diretto, senza lasciare che la paura o la rabbia ti facciano dire cose che non pensi davvero.»

«Non è facile» mormoro. «Ogni volta che penso di affrontarla, il mio passato torna, *lei* torna e il dolore e la paura mi inghiottiscono!»

«Non è mai facile se conta davvero» replica Aidan. «Ma se Priya è importante per te, allora devi trovare un modo. Non puoi lasciare che la paura ti tenga fermo qui.»

Resto in silenzio, fissando un punto indefinito sul muro. «E se non vuole parlarmi? Se pensa che sia solo un idiota che l'ha ferita troppe volte?»

«Allora almeno saprai di averci provato» risponde Aidan con fermezza. «E saprai che non hai lasciato che fosse la paura a decidere per te.»

Chiudo gli occhi per un istante, inspirando a pieni polmoni. «Ma cosa le dico? Come faccio a convincerla che non è troppo tardi?»

«Le racconti la verità» continua Aidan, come se fosse la cosa più semplice del mondo. «Esprimi quello che senti, senza filtri, senza nasconderti. Le dici che hai paura di perderla e che sei disposto a fare qualsiasi cosa per far funzionare le cose tra di voi.»

Scuoto la testa, ancora insicuro. «E se lei ha già deciso? Spesso il dolore diventa più forte dell'amore...»

«Allora almeno saprai dove stai» risponde Aidan, con quella calma che solo lui sa avere. «E non passerai il prossimo anno a rimpiangere quello che avresti potuto dire. Perché poi sì che sarà troppo tardi.»

Annuisco in silenzio, assorbendo le sue parole. So che ha ragione. So che non posso continuare a nascondermi, a fingere che tutto possa risolversi da sé. Devo affrontarla, devo dirle quello che provo, anche se significa rischiare tutto.

IL GIORNO IN CUI NON SONO RIUSCITO A SALVARLA

Mi ci sono voluti anni per scrivere queste parole. Anni di silenzio, di notti insonni, di incubi che tornano a tormentarmi ancora oggi. Mi sono nascosto dietro il mio lavoro, dietro l'immagine di un giornalista che racconta storie di altri, ma c'è una storia che non ho mai avuto il coraggio di raccontare fino a ora. La mia.

Ero a Sarobi, in Afghanistan, per fare ciò che ho sempre pensato fosse il mio dovere: raccontare la verità, mostrare al mondo cosa accadeva in luoghi così vicini alla televisione, ma così lontani dalla nostra realtà. Ero lì con una squadra di soldati americani, tra cui Rendall, un ragazzo di Brooklyn con il sorriso facile e il cuore grande. Con noi c'era anche una giornalista, Kate, la donna che amavo. Lei e io avevamo una storia, una di quelle che nascono in mezzo al caos, che crescono tra sguardi rapidi e tocchi rubati, in un posto dove la vita è sempre sul punto di spezzarsi.

Il giorno in cui accadde, l'aria era densa di polvere e il sole bruciava come una fiamma viva. Eravamo in pattuglia, registravo ogni cosa, come di consueto. La videocamera, seguita poi da carta e penna, era la mia arma, il mio scudo, il mio modo di sentirmi utile in mezzo alla follia della guerra. Kate stava scattando foto, sempre un passo avanti, sempre così coraggiosa. L'ho vista girare l'angolo di una strada, il viso concentrato, i capelli scuri che le cadevano sugli occhi.

Poi, l'inferno.

Non ho mai sentito un'esplosione così forte in vita mia. Un boato che ha scosso la terra sotto di noi, un lampo di luce bianca che ha cancellato tutto il resto. Sono caduto, la videocamera ancora in mano. Per un attimo, ho pensato di stare per morire. Ma poi ho sentito le urla, il suono delle armi da fuoco, le esplosioni. Mi sono reso conto che ero vivo. Mi sono nascosto dietro un muro diroccato, la videocamera ancora accesa. Ho premuto il pulsante, ho iniziato a filmare. Era un riflesso, un istinto.

E lì, in quel momento, è successo. Ho visto Kate. Era dall'altra parte della strada, in piedi, ancora con la macchina fotografica in mano. Gli spari arrivavano da tutte le direzioni, ma lei era lì, esposta. Mi ha visto, e nei suoi occhi ho scorto qualcosa che non dimenticherò mai: paura, ma anche una sorta di accettazione. Come se sapesse cosa stava per accadere.

Ho urlato il suo nome, ma il suono della mia voce è stato coperto dal crepitio delle armi automatiche. Ho visto Rendall lanciarsi verso di lei, cercando di proteggerla, di trascinarla al riparo. Poi una raffica di proiettili. Rendall è caduto. Kate è rimasta immobile per un istante e poi è crollata accanto a lui.

Io... Io sono rimasto nascosto.

Sono rimasto lì, con la videocamera in mano, come un codardo, cercando di riprendere tutto, come se filmare potesse fare la differenza, come se potesse rendere giustizia alla loro morte. E invece, ciò che ho fatto è stato solo salvare la mia pelle, lasciare che loro fossero esposti, lasciarli morire.

Ho visto gli altri due soldati cadere, uno dopo l'altro. Ho visto il sangue mescolarsi alla polvere, ho sentito le loro urla e non ho fatto niente. Non potevo muovermi, non riuscivo a respirare. Ho continuato a filmare fino a quando tutto è diventato silenzio.

All'arrivo della squadra di soccorso, io ero ancora lì, nascosto. Non avevo una sola ferita. Mi hanno guardato, hanno guardato la videocamera ancora accesa e nessuno ha detto una parola. Ho visto il corpo di Kate trascinato via, il volto coperto di polvere, il suo sguardo vuoto che mi fissava come un'accusa silenziosa.

Da quel giorno, non ho mai più ripreso in mano una videocamera. Non ho mai più messo piede in una zona di guerra. Ho lasciato l'Afghanistan con una cicatrice che non si vede, ma che è più profonda di qualsiasi ferita fisica.

Ho cercato di andare avanti, di dimenticare. Ma la verità è che non c'è stato un solo giorno in cui non abbia pensato a Kate, a Rendall, ai due soldati che ho visto cadere. La colpa mi ha divorato, mi ha consumato. Ho cercato di seppellirla sotto il lavoro, sotto la routine quotidiana, ma è sempre lì, pronta a riemergere ogni notte appena chiudo gli occhi, e spesso addirittura durante la giornata, nel momento in cui meno me l'aspetto.

Soffro di disturbo da stress post-traumatico. Ogni volta che sento un rumore forte, ogni volta che qualcuno mi tocca senza preavviso, mi sembra di essere di nuovo lì, a Sarobi. E mi sento come se fossi io il colpevole. Avrei potuto fare di più. Avrei dovuto fare di più.

Scrivere questo articolo è il mio tentativo di guarire, di affrontare finalmente ciò che è successo. Non so se mi sentirò mai in pace. Non so se potrò mai perdonarmi. Ma so che devo provare. So che devo trovare un modo per vivere con quello che ho fatto, o meglio, con quello che non ho fatto.

Perché il peso della colpa è troppo grande da portare, da solo.

CAPITOLO 41

Priya

Sto cercando di chiudere la valigia da almeno venti minuti. Ogni volta che sembra finalmente sistemata, qualcosa di nuovo spunta fuori, qualcosa che mi ero dimenticata di aggiungere. Quaderni, documenti, un paio di magliette.

La missione chapea è così vicina che riesco quasi a sentirne l'odore, eppure la mia mente è ovunque, tranne che qui. La tensione mi agita lo stomaco, ma continuo a fare finta di niente. Metto un piede davanti all'altro, sperando che tutto si aggiusti da solo.

Grazie a ieri sera e a Ravi mi sono resa conto di quanto Dan sia importante per me, ma devo ancora inquadrare qual è il prossimo passo da fare, come farlo. Non voglio rovinare nulla.

Ogni tanto mi assale la paura che forse sia troppo tardi. Anche in amore, come ho imparato ascoltando le storie raccontate nel podcast *Influencer per Amore*, ci vuole una buona dose di tempismo, oltre che di lato B.

«Priya! Ci sono le tue amiche per te!» La mia concentrazione si sposta sulla voce di mia madre che urla da sotto. Mi fa sorridere che non ci sia stata una sola volta in cui, quando qualcuno è venuto a trovarmi, lei non abbia urlato come un'ossessa dal piano di sotto.

Faccio zig zag tra le cose sparse per la stanza e scendo, chiedendomi che diavolo ci facciano entrambe qui.

Fiuto aria di burrasca.

«Ehi ragazze!» Le saluto mentre mia madre sta raccogliendo le loro giacche.

«Volete un *chai*?» chiede lei. «Accomodatevi, vi porto dei dolcetti buonissimi!»

Lei si affretta ad andare in cucina, ma Vanessa la ferma. «Signora Neelam, prima dovremmo parlare con sua figlia» e le regala un sorriso che scioglierebbe anche il più duro dei cuori.

«Oh certo» dice mia madre «prendetevi tutto il tempo che vi serve.» È così dolce e paziente, che mi sembra un'altra persona. «D'altronde, molto probabilmente siete qui per parlare dell'altra sera» e cerca di fare l'occhiolino, senza però riuscirci bene, perché sembra più che abbia qualcosa nell'occhio.

Come pensavo: porta a casa un ragazzo indiano e la mamma è contenta. Ancora non sa, però, che non sarà mai come vorrebbe lei.

«Proprio così!» dice Tessa.

Ne approfitto per iniziare a salire le scale e le ragazze mi seguono.

Le faccio entrare in camera. «Wow, Pri, sei diventata quasi peggio di me nel fare le valigie!» Tessa ridacchia.

«Sembra che sia esplosa una bomba qui dentro» le fa eco Vanessa, mentre io chiudo la porta.

«Sì, sì...» mi affretto a dire con impazienza. «Cosa è successo? Se siete qui per parlare di Ravi, vi dico già che non ci sarà mai nulla tra di noi.»

«Oh... ok!» dice Tessa stringendosi nelle spalle.

«Quindi non siete qui per farmi il terzo grado su ieri sera?» chiedo e continuo nell'intento di far stare tutto dentro le valigie. Sì, in effetti ho troppa roba. Dovrò stare in una specie di isolamento per quasi due settimane prima della missione, ma tutta 'sta roba non mi serve.

«No...» dice Vanessa. Appoggia la borsa sulla sedia della mia scrivania e cerca di farsi spazio sul letto per sedersi.

«Dobbiamo parlare di Dan» continua Tessa. La sua espressione non è più rilassata come prima.

«Ancora?» ribatto. «Ragazze, ve lo dico e mi tolgo il dente: sì, sono innamorata di Dan, sì l'affronterò e sì, spero di farlo prima di entrare in missione, però ora basta. Lo so che fra tre giorni parto per Houston, ma devo anche concentrarmi un attimo, se no... Ho tutto sotto controllo!» E invece, forse, è la prima volta nella mia vita che mi sembra di non avere proprio nulla sotto il mio maniacale controllo.

«Sì, certo. Controllo. Come quella volta che hai deciso di fare una presentazione di quattro ore sulla meccanica dei buchi neri senza una pausa. Sei un disastro, Priya.»

«Non è il momento per i tuoi soliti commenti, Vanessa.»

Sbuffo, cercando di piegare una giacca troppo voluminosa in uno spazio troppo piccolo. «Sono in ritardo con tutto questo. La nasa vuole ogni maledetto dettaglio del mio passato accademico, persino gli appunti di quando avevo quindici anni!»

Tessa mi interrompe, piantandosi davanti a me con aria risoluta. «Priya, vogliamo parlare di Dan, di ciò che ha scritto!»

«Un altro articolo su quanto sia difficile vivere a New York per la classe operaia?» chiedo con sarcasmo. «Ora non ho tempo per questo. Prima devo finire di preparare le cose per andare a Houston, e poi penserò a come fare con Dan.»

Tessa sbuffa, mi mostra il suo telefono e si avvicina. «Parlo di questo articolo. Devi leggerlo, ora.»

Vanessa, con la sua solita calma, mi guarda. «Non è un articolo qualunque, Priya. Parla di lui, del suo passato.»

Mi fermo di colpo. «Del suo passato? Che significa?»

Tessa prende un respiro profondo. «Significa che Dan ha scritto qualcosa che dovresti sapere. Qualcosa che spiega tante cose su di lui, sulle sue cicatrici e su perché sia sempre così... così complicato.»

Allungo la mano e prendo il telefono. Inizio a scorrere l'articolo: *Il giorno in cui non sono riuscito a salvarla.*

Le parole mi si conficcano come spilli nella mente. Le descrizioni sono vivide, brutali: corpi che cadono, il dolore che sconquassa ogni cellula del suo corpo, un amore che svanisce in meno di un millisecondo per una guerra che non sarà mai di nessuno. L'orrore, l'angoscia, la morte. Il mio stomaco si stringe.

«Lo sapevo» mormoro appena. «Sapevo che aveva visto cose terribili lì, ma...»

«Non sapevi quanto» mi interrompe Vanessa, con tono più dolce. «E non è colpa tua. Ma adesso lo sai. E devi decidere cosa fare.»

Rimango in silenzio, fissando lo schermo. «Perché non me l'ha detto?»

«Forse non sapeva come farlo» suggerisce Tessa. «O forse pensava che non volessi saperlo. Sei brava a costruire muri, Priya. È il tuo superpotere.»

«Muri?» Scoppio a ridere, questa volta più nervosamente. «Forse ho bisogno di quei muri. Se Dan ha passato tutto questo, io... io non so nemmeno come iniziare a parlarne.»

Proprio in quel momento, sento un rumore di passi dietro di me. Mi giro e vedo nani entrare nella stanza. Ha un'espressione serena, ma nei suoi occhi c'è una scintilla di preoccupazione.

«Cosa succede, bambina?» chiede, avvicinandosi a piccoli passi.

«Niente di importante, nani» dico, cercando di sembrare più calma di quanto mi senta. «Solo sto cercando di capire cosa fare con qualcuno che non riesco a comprendere del tutto.»

Nani sorride. «Ah, l'amore.»

Sbatto le palpebre. «Non è amore, nani. È solo... complicato.»

«Le persone sono complicate» risponde lei, posando una mano gentile sulla mia spalla. «Ma a volte devi essere disposta a guardare dietro tutto questo per vedere chi sono davvero.»

«E se non mi piace quello che vedo?» chiedo senza pensarci.

Nani ride, un suono morbido e caldo. «Allora almeno saprai cosa stai guardando.»

Tessa mi osserva con un'espressione di sfida. «Sai, Priya, potresti semplicemente chiederglielo. Potresti chiedergli cosa gli è successo. Potresti mostrare un po' di interesse umano, invece di comportarti come un robot pronto a partire per pianeti inesplorati.»

Mi sento il sangue ribollire, ma so che ha ragione. Tutte loro hanno ragione, anche se odio ammetterlo. «Va bene» dico alla fine, cedendo. «Chiederò a Dan. Gli chiederò di raccontarmi la verità. Ma non aspettatevi che sia facile.»

«Nessuno ha detto che sarà facile» aggiunge Vanessa, incrociando le braccia. «Ma a volte le cose più difficili sono quelle che vanno fatte.»

Mi volto verso nani, che mi sorride con calore. «Sì, è vero. E se scopri che non puoi accettare tutto di lui, allora almeno sarai stata coraggiosa abbastanza da guardare.»

Annuisco, cercando di raccogliere la forza di cui ho bisogno.

Il momento è arrivato, non posso più rimandare, ma ora c'è qualcosa in più: forse capisco alcuni suoi comportamenti passati.

Forse potrò avere più comprensione.

Forse ora il mio sentimento avrà lo spazio e il tempo per emergere senza paura.

CAPITOLO 42

Dan

Il campus della Columbia è vasto, un labirinto di edifici e di studenti che si muovono con determinazione e a volte nervosismo.

Mi ritrovo a vagare, lo sguardo che passa in rassegna ogni angolo, ogni volto. So che Priya lavora qui, ma non so se in questo momento si ritrovi tra queste mura. Però ci devo provare. Ogni passo che faccio senza vederla aumenta la sensazione di urgenza e di panico.

Devo trovarla. Devo parlare con lei. Non posso lasciare che la nostra ultima conversazione sia quella dell'altra sera, nella quale io ho fatto un passo indietro. E soprattutto non posso lasciare che finisca così, ora che sicuramente ha letto l'articolo. So di averle nascosto una parte di me, una parte che non riuscivo a guardare nemmeno io e non so come abbia preso questa cosa, ma è anche grazie a ciò che provo che ho deciso di aprirmi non solo con lei, ma addirittura con il mondo intero.

Chiedo di Priya a un paio di studenti che hanno in mano dei volumi di astrofisica, ma scuotono la testa. «Non l'abbiamo vista oggi» dice uno di loro, guardandomi con una curiosità a malapena celata.

«Priya Neelam?» mi chiede un altro. «Penso abbia già finito di lavorare qui. Forse non lo sa, ma deve andare in missione per la nasa» continua a spiegarmi.

«Sì, lo so, grazie, pensavo solo che fosse ancora qui.»

«Mi dispiace, più di questo non so dirle.»

Gli studenti se ne vanno per la loro strada.

Respiro profondamente, cercando di calmare il battito del mio cuore. Forse è a casa sua. Sì, ha senso. Se non è qui, sarà a casa.

Mentre esco dal campus della Columbia, sento il peso dell'ansia stringermi il petto. Le parole di quegli studenti risuonano ancora nella mia mente. E se per qualche motivo avesse anticipato la sua partenza?

Metto il casco e salgo sulla mia Kawasaki, la vernice nera scintillante riflette i bagliori dei palazzi intorno.

Devo trovarla. Le devo delle spiegazioni. Eppure, ogni chilometro che mi separa da lei sembra allungarsi, come se la strada sapesse che ho paura di ciò che devo dire. Stringo le mani attorno alle manopole e sento il freddo dell'acciaio attraversarmi le dita, anche se indosso i guanti. Mi butto nel traffico, tagliando tra le auto come se fossi parte di un flusso continuo, eppure mi sento più isolato che mai.

Prendo la Broadway, mi dirigo verso sud e le luci dei semafori diventano scie colorate ai lati della mia visione. I taxi gialli lampeggiano e schivano, i pedoni attraversano senza guardare, ma io non mi fermo. Mi muovo veloce, perché è l'unico modo per far tacere quella voce nella mia testa che mi chiede perché non ho agito prima, perché ho lasciato che le cose arrivassero a questo punto. Ogni cambio di marcia è un pensiero soffocato, un rimpianto represso.

Supero la quarantaduesima strada, il caos di Times Square si apre davanti a me in un'esplosione di luci e suoni. Guardo il fiume di gente e mi chiedo cosa penseranno quando vedranno un uomo in moto sfrecciare come se stesse scappando da qualcosa o da qualcuno. Ma io non sto scappando. Sto cercando.

Arrivo al ponte di Queensboro, l'aria fredda del fiume mi colpisce in faccia mentre sfreccio sopra l'acqua lucida. La città dietro di me si allontana, le luci di Manhattan si fondono in un bagliore indistinto, ma il mio obiettivo è davanti a me. La Kawasaki risponde a ogni mio comando, la sua potenza sotto di me mi dà un senso di controllo che non sento dal giorno dell'incidente.

Attraverso il ponte e la città sembra cambiare. Gli edifici diventano più bassi, meno luminosi, ma acquistano concretezza e autenticità. I rumori si fanno meno intensi, quasi ovattati dal vento che fischia nelle orecchie. Accelero di nuovo, zigzagando tra le auto, tagliando le curve come se stessi cercando di sfuggire ai miei stessi pensieri. Il Queens è più quieto, ma non meno vivido. Le strade si fanno strette, il caos si attenua, eppure mi sembra di essere stretto in una morsa.

Ogni semaforo rosso è un momento di riflessione che cerco di evitare, un istante di frustrazione che ruba il tempo e toglie vita.

Mi chiedo cosa penserà Priya nel vedermi. Proverà odio? Vorrà sapere perché non le ho mai parlato prima di ciò che è successo? O forse, peggio ancora, non vorrà nemmeno ascoltarmi. Ogni dubbio si infila come un coltello tra le costole, ma non posso lasciarmi bloccare ora. Non ora che sono così vicino.

Arrivo nel suo quartiere, con abitazioni basse e ordinate, ciascuna con il suo piccolo giardino davanti.

Mi sembra quasi di poter vedere Priya davanti a me, che cammina verso la sua porta, come se mi aspettasse. Appena svolto l'ultima curva e vedo la sua casa, mi accorgo che è la mia immaginazione. Non c'è nessuno. Solo il vento freddo che soffia tra gli alberi vestiti di primavera.

Mi fermo lì davanti, spengo il motore e il silenzio cala come una coperta pesante. Scendo dalla Kawasaki e le gambe tremano. Non è il freddo, è qualcosa di più intimo. Mi tolgo il casco e lo appoggio sul serbatoio, inspirando a fondo. Vedo le luci accese dietro le tende e un'ombra che passa veloce.

Mi avvicino alla porta e suono il campanello. Sento la melodia rimbombare dall'interno, così insistente che sembra quasi una sfida. Un momento dopo, la porta si apre e mi ritrovo davanti la madre di Priya. Il suo sguardo è severo, freddo come l'aria intorno a noi.

«Dan» dice, senza nemmeno un accenno di cordialità. «Cosa ci fa qui?»

«Buongiorno, signora Neelam» dico, cercando di mantenere la voce calma. «Priya è in casa? Devo parlare con lei.»

Lei mi guarda come se fossi un insetto fastidioso. «Priya non è a casa, e anche se lo fosse, non credo che avrebbe tempo per parlare con lei.»

Ingoio il nodo che mi si è formato in gola. «Capisco, ma è importante. Devo solo parlarle per qualche minuto.»

Lei incrocia le braccia e scuote la testa. «Non capisco cosa pensa di ottenere. Priya è destinata ormai a qualcun altro... e poi, non so se lo sa, ma tra poco partirà.»

Le sue parole sono taglienti, ma non posso fermarmi ora. «È appunto per questo che devo trovarla. Lei ha idea di dove possa essere?»

Sbuffa. «No, mi dispiace.»

Senza darmi il tempo di replicare, mi chiude la porta in faccia. Mi trovo a fissare il legno scuro, le parole strozzate in gola.

"Priya è ormai destinata a qualcun altro", questa dichiarazione mi rimbomba nella testa, come l'immagine vivida di loro due insieme. Come sono arrivato a questo punto? Come posso essermela lasciata scivolare tra le mani, quando tutto ciò che ho sempre voluto era proprio davanti a me? Resto immobile per un istante, poi mi faccio forza. Non posso fermarmi. Deve esserci un altro posto dove cercarla.

E poi mi viene in mente. *Influencer per Amore*. In fin dei conti il podcast e tutte le attività connesse sono nate anche grazie a lei. E poi ci lavora Tessa.

È l'unico posto rimasto.

Salgo sulla moto e faccio di tutto per tornare indietro, verso Manhattan, nel minor tempo possibile. Guido più veloce di quanto dovrei, ancora una volta sto sfidando la sorte. Nani, la nonna di Priya, mi direbbe che il karma potrebbe ancora colpirmi perché non ho imparato la lezione la prima volta, ma oggi non mi interessa. Oggi penso solo a Priya, a nient'altro. Forse questa volta il karma chiuderà un occhio, perché lo sto facendo per amore.

Arrivo agli studi, salgo per le scale e vedo le luci accese dall'interno. Prendo un respiro profondo ed entro.

Appena apro la porta, vedo Tessa al centro dello studio, indaffarata a sistemare dei microfoni.

«Dan?» esclama Tessa, fermandosi a metà movimento. «Cosa ci fai qui?»

«Devo parlare con Priya» dico, cercando di mantenere il controllo. «Devo farlo adesso.»

CAPITOLO 43

Priya

Nei buchi neri c'è un punto chiamato orizzonte degli eventi, un punto oltre il quale nemmeno la luce può sfuggire alla forza di gravità.

C'è un orizzonte degli eventi anche in ogni viaggio, un momento in cui devi scegliere se continuare o rinunciare del tutto. E io? Io mi sono fermata troppe volte, aggrappata a scuse, definizioni e limiti che mi sono autoimposta.

Ma questa volta non succederà.

Qualche raggio di sole cerca di raggiungere ancora la Terra, mentre mi incammino verso la fermata della metropolitana. Stringo la felpa intorno a me, ma non è sufficiente a calmare il turbinio di emozioni che mi attraversa. Devo parlare con Dan. Non so cosa gli dirò, ma so che devo guardarlo negli occhi e smettere di nascondermi.

Aspetto il treno e tutto intorno mi sembra ovattato. Mi sento come se fossi dentro una bolla, una dimensione separata in cui esistiamo solo io, i miei pensieri e l'imminente confronto con Dan. Perché ho aspettato così tanto? Perché ho lasciato che tutto si complicasse fino a questo punto?

Per qualche strano motivo, la metropolitana non è così affollata come mi sarei aspettata. Mi siedo accanto al finestrino, osservando il riflesso delle luci della città che scorre sui vetri.

Ho pensato troppo, riflettuto troppo, e ogni volta che ci siamo visti, ho trovato un modo per evitare ciò che provavo davvero. La verità è che non sono sicura di quello che provo, ma non posso più continuare così.

Arrivo alla stazione più vicina a casa sua. Brooklyn è tranquilla, un luogo nel quale potrei immaginare di vivere un giorno, magari al mio ritorno dalla missione chapea.

Raggiungo la sua via, e il cuore mi batte più forte. L'ultima volta che sono stata qui, l'ho visto con quella ragazza. Sono arrivata al punto che non mi importa se vede un'altra, io devo parlargli e lo devo fare ora.

Salgo le scale esterne dell'edificio e raggiungo il portone. Un flash mi squarcia la mente: il ricordo di noi due, nell'ultima notte passata insieme, in quella notte prima dell'eclissi. Le ventiquattro ore che hanno cambiato tutto. Litigare, fare l'amore con lui, scappare dal suo letto all'alba.

Apro il portone e oltrepasso la soglia ritrovandomi così davanti alla porta del suo appartamento. È solo una porta, eppure sembra una barriera invalicabile. Dopo un momento di esitazione, alzo la mano e busso tre volte. I miei colpi risuonano nell'aria, ma dentro la casa non c'è alcun movimento. Aspetto.

Niente.

«Dan?» chiamo, bussando di nuovo, più forte stavolta.

Ancora niente. La casa è immersa nel silenzio.

«Dan, sono Priya. Ti prego, apri!» la mia voce risuona come un appello disperato.

Ed è ciò che anche il mio cuore sente: disperazione, quella che prova molto probabilmente solo chi sta perdendo qualcuno di importante.

Provo a spingere la porta, ma non si apre. È chiusa, e la serratura non cede.

Inizio a camminare avanti e indietro davanti a quell'ingresso che ora sembra più che altro un muro.

Ogni minuto che passa, il senso di vuoto si fa più grande.

Non riesco a smettere di pensare a tutte le cose che avrei potuto dirgli prima, a tutte le opportunità che ho lasciato scivolare via. E a quanto io sia stata stronza. Mi sento una stupida. Perché sono qui? Cosa pensavo di ottenere?

«Ormai ho perso tutto» mormoro tra me e me. Così mi giro ed esco dal portone.

Scendo un paio di scalini e poi mi siedo su di essi. Ripenso a tutte le volte che ho evitato di affrontare ciò che provavo. Mi sento bloccata, incapace di muovermi o di decidere cosa fare.

Dopo un tempo che sembra infinito, mi alzo di nuovo. È chiaro che non è qui, o che non vuole vedermi. Non posso rimanere.

Mi guardo indietro per un ultimo istante. Inspiro a fondo, sentendo l'aria fresca riempirmi i polmoni, e mi preparo a tornare sui miei passi. Forse è destino. Forse stasera non era il momento.

Mentre mi avvio verso la strada, sento un'ondata di delusione. Non per lui, ma per me stessa. Mi sono lasciata sfuggire l'occasione di dirgli tutto, ancora una volta.

Le stelle non sono abbastanza vicine stasera. E forse, Dan non lo sarà mai.

CAPITOLO 44

Dan

Non ho mai corso così tanto in vita mia. Se Dio volesse punirmi, lo farebbe in questo momento. E non avrei via d'uscita.

Arrivato a *Influencer per Amore*, Tessa mi ha detto che Priya era appena andata via e che molto probabilmente in questo momento si trova a casa mia.

"Vi state rincorrendo!" mi ha detto Tessa con gli occhi di chi crede sempre nell'amore. "Dan, vai a riprendertela!" ha continuato mettendomi le mani sulle spalle.

Sfreccio fra le auto che riempiono il Washington Bridge. Sto rischiando, ancora una volta. Ma non mi interessa. Non devo lasciarmela sfuggire.

Stringo il manubrio più forte, come se potesse farmi andare più veloce e accelero senza pensarci due volte, tagliando le curve strette e lasciandomi dietro le luci intermittenti dei semafori. Non posso permettere che mi scivoli tra le dita. Non stavolta. È come se l'intero Universo si fosse piegato per farmi capire che questo è il mio momento, il nostro momento, e non posso sprecarlo correndo il rischio di arrivare troppo tardi. Le parole che non sono mai riuscito a dirle, i silenzi che ho sopportato: tutto mi spinge a tornare a casa prima che lei se ne vada, prima che io perda l'unica occasione di fare chiarezza su quello che siamo.

Quando giro l'ultima curva e vedo la mia via, il cuore mi balza in gola. La moto rallenta quasi da sola e i miei occhi si fissano su una figura familiare, avvolta in una felpa, che cammina lentamente verso il marciapiede opposto. È Priya. Sta andando via. Un'ondata di panico mi attraversa, un miscuglio di sollievo per averla trovata e di paura che sia troppo tardi per fermarla. Spengo la moto con un movimento brusco, il rombo del motore si spegne come un respiro trattenuto e salto giù senza pensarci.

«Priya!» grido, la mia voce spezzata dall'urgenza. Lei si ferma per un attimo, rigida, prima di girarsi. Il suo viso è una combinazione di sorpresa e qualcosa che non riesco a decifrare, ma non importa. È qui. E questa è la mia occasione per non lasciarla scappare di nuovo.

Corro verso di lei, mentre mi guarda quasi bloccata, indecisa sul da farsi.

«Dan...» le sento dire.

«Pri.» Mi avvicino a lei e mi fermo a un metro di distanza. «Io... io ti ho cercata ovunque!» esclamo con il fiato spezzato dalla corsa che ho appena fatto. Il cuore mi esce dalla gabbia toracica. Ciò che vorrei fare è stringerla tra le mie braccia per farle capire quanto quel cuore – anche se ferito – batta per lei, per tutto ciò che fa e per tutto ciò che è.

«Dan...» Prende un respiro, singhiozza e un paio di lacrime iniziano a rigarle le guance. «Pensavo di averti perso per sempre.»

Mi avvicino, le prendo il volto fra le mani e con i pollici asciugo quelle perle che la rendono più vera che mai.

«Sss...» le dico sottovoce. «Va tutto bene.» La stringo forte a me. «Ci siamo ritrovati. Ed è questo l'importante.» Inspiro il profumo dei suoi capelli. Mi nutro di ogni piccola particella che il suo essere emana.

«Andiamo dentro» le propongo infine.

Lei annuisce e con una mano si asciuga le lacrime.

Saliamo le scale esterne e lei tiene lo sguardo basso. Varchiamo il portone e alla fine arriviamo al mio appartamento.

Apro la porta e Priya si guarda intorno, prendendo nota di ogni dettaglio, ogni ombra. So che in qualche modo sta cercando di capire chi sono in realtà, di vedere oltre le parole che non ho mai pronunciato con lei.

«Per prima cosa... vorrei chiederti scusa per tutto. Sono stata una stronza» dice quasi a volersi tirare via un peso di dosso e sedendosi sul divano con le spalle rigide. «Voglio solo che tu mi racconti la storia per intero.»

Mi siedo accanto a lei, ma non troppo vicino. Nonostante l'abbraccio di prima, percepisco ancora una certa distanza tra di noi, eppure so che è colmabile. Devo solo trovare il coraggio di fare il salto.

«Okay» inizio, lasciandomi andare a un respiro liberatorio.

«Allora ti dirò tutto. Ma non sarà facile da ascoltare» faccio una pausa «e da raccontare...»

Lei annuisce, i suoi occhi fissi nei miei. Fa un cenno con la testa, come a dirmi di iniziare.

Inspiro di nuovo, cercando di calmare il tremore nelle mie mani. «Come sai, sono stato in Afghanistan... Era il mio primo incarico importante come giornalista, la mia occasione per farmi un nome. Ma quello che ho visto lì... nessuna preparazione, nessun addestramento possono prepararti per quello.»

Mi fermo per un momento, cercando le parole. «Ho visto cose che nessuno dovrebbe mai vedere. Ho visto la morte diventare una compagna quotidiana, ho sentito l'odore del sangue e della polvere mischiarsi nell'aria. E poi c'era... c'era lei. Kate.»

Vedo gli occhi di Priya restringersi in una fessura. Continua a guardarmi, ma c'è un cambiamento nella sua espressione, come un lampo di dolore.

«Era una giornalista» continuo, la mia voce più debole. «Era brillante, coraggiosa e terribilmente ostinata. Ci siamo riconosciuti all'istante, due anime che si sono ritrovate in un posto senza speranza. Ci siamo innamorati. Credevo che avrei potuto costruire qualcosa con lei, anche in mezzo a tutto quel caos.»

Il silenzio tra di noi diventa denso, soffocante. Vedo Priya stringere le mani sul bordo del divano, i suoi occhi non si staccano dai miei.

«Ma poi, un giorno, durante un'imboscata...» Le parole mi muoiono in gola, ma mi costringo a continuare. «Lei... lei è morta. Proprio davanti a me. Io ero lì, a pochi passi, e non ho fatto nulla. Nulla, Priya.»

La mia voce si rompe e per un attimo sento tutto il dolore, tutta la colpa riemergere con una forza che pensavo di aver seppellito. Chiudo gli occhi per un istante, cercando di ritrovare il controllo.

«Dopo di lei, non sono stato più lo stesso. Ho iniziato a soffrire di disturbo da stress post-traumatico. Attacchi di panico, incubi. Non riuscivo a dormire, a respirare. Ho cercato di trovare un modo per scappare da me stesso. Bevevo troppo, dormivo troppo e prendevo antidolorifici e altro... Ho iniziato le sedute di psicoterapia, ma ogni volta che chiudevo gli occhi, vedevo Kate morire di nuovo. È diventata un fantasma che mi segue ovunque.»

Quando riapro gli occhi, vedo le lacrime sul volto teso, quasi rigido, di Priya.

«Mi dispiace tanto, Dan...» dice con la voce tremante. «Io non avrei mai immaginato...» Tira su con il naso, impedendo che le lacrime trasbordino dagli occhi.

Fa una pausa, si guarda in giro e gioca con le dita. Non l'ho mai vista così: la Priya risoluta e forte sta lasciando il posto a una donna che finalmente sa aprirsi, sa dar spazio alle sue emozioni e buttare giù i muri che si è costruita da sola.

«Io... io cosa sono per te? Cosa sono stata?» sussurra con la voce incrinata. «Un anestetico per aiutarti a sopravvivere? Qualcosa per distrarti da quello che hai perso?»

Sento un altro colpo al cuore. Le sue parole sono affilate come rasoi, ma non posso biasimarla. «No, Priya» rispondo, scuotendo la testa con fervore. «Non sei un anestetico. Non sei una distrazione. Sei... sei l'unica persona che mi abbia fatto sentire di nuovo vivo, dopo tutto questo.»

Lei scuote la testa, ma vedo che lotta contro le lacrime. «Come posso competere con un fantasma, Dan? Come posso essere certa che il pensiero di Kate non sarà sempre tra noi, sempre lì a ricordarti ciò che hai perso?»

Mi passo nervosamente una mano tra i capelli, perché vedo quanto le mie parole la stanno ferendo, e non so come fare per spiegarle quanto sia importante per me. «Kate sarà sempre una parte di me, Priya, questo è vero. Ma il dolore che provo non è quello di un amore che non può morire, è il dolore di una ferita che non si è mai chiusa. Ma tu... tu sei quella che ha riaperto il mio cuore. Sei quella che mi ha fatto capire che posso ancora amare, che posso ancora sperare.»

Faccio una pausa e lei mi guarda, incerta. «E so che ora frequenti quell'amico di tuo fratello, Ravi, ma...»

«No!» mi interrompe. «No, con Ravi non c'è stato nulla e mai ci sarà» mi dice e, mentre pronuncia queste parole, una parte di fardello che ho sul cuore si alleggerisce. Chiude gli occhi, inspira e poi li riapre fissandoli su di me. «E... e tu frequenti già un'altra?» Il suo sguardo si fa di nuovo intenso, carico di interrogativi.

«Un'altra?» le chiedo sorpreso.

«Ora mi prenderai per stalker, però una settimana fa sono venuta fino a qui per parlarti e ho visto uscire dal portone una ragazza. Vi abbracciavate, lei era molto dolce con te...» Abbassa gli occhi e gioca con le dita.

Mi dipingo un sorriso sul volto e mi avvicino a lei. «Pri, lei è Lauryn ed è la mia psicologa, una persona che reputo quasi come una sorella, dato che conosce la mia storia più di altri.»

«Più di me, sicuramente...» rimbecca lei, con una punta di gelosia nella voce.

«Di lei non devi preoccuparti.» Sto cercando di rassicurarla, anche se so che al momento non è così semplice. «Lauryn mi ha aiutato tanto in tutto questo. E le ho parlato molto di te, di noi.»

Priya prende un altro respiro, come a voler immagazzinare coraggio, e continua. «Dan, io ho paura. Ho paura che il passato sia una parte troppo grande di te per permetterci di costruire qualcosa insieme. Temo che sarò sempre e solo un rimedio temporaneo.»

Sento il cuore accelerare, ma questa volta non è timore. È determinazione. «Non sei un rimpiazzo, Priya. Sei la cura. Sei la persona che mi fa alzare la mattina e mi fa credere che possa esserci un futuro. Sei la persona che fa sparire l'eclissi e fa tornare a splendere il sole. Non posso prometterti che non ci saranno giorni difficili. Ma posso prometterti che ci sarò per te, voglio costruire qualcosa di reale con te.»

Mi avvicino a lei, prendendole il viso tra le mani. «Ti amo, Priya. Ti amo in un modo che non credevo possibile, perché tu mi hai ridato la vita. Non sei un anestetico, sei la mia ragione per sperare.»

Lei mi guarda, le lacrime le scorrono sul viso, ma stavolta c'è qualcosa di diverso nei suoi occhi. Una scintilla di speranza, forse.

«Dopodomani parto...»

«Lo so, Priya.» Mi avvicino ancora di più al suo viso. Il profumo che emana risveglia cellule che credevo ormai morte.

«Questa missione durerà poco più di un anno, ma se un giorno dovessi veramente partire per Marte, la situazione cambierebbe. E poi... non penso potrei più vivere a New York... e se dovessi arrivare su Marte... ancora non sappiamo se sarà possibile tornare sulla Terra!»

«Pri, io ho tanta di quella fiducia in te da essere sicuro che, se dovessi arrivare su Marte, farai di tutto per tornare qui sulla Terra... e da me.»

«Dan, non è così semplice. Non dipende sempre tutto da una persona. Ci sono migliaia se non centinaia di migliaia di fattori che non si possono controllare e io non vorrei tu rivivessi...» Prendendo quasi la rincorsa, mi avvento sulle sue labbra. Non posso lasciarla continuare, non posso sentirmi dire che, se un giorno non tornasse, mi troverei a rivivere tutto quanto, ma con un vuoto ancora più profondo.

Le sue labbra hanno un sapore più avvolgente dell'ultima volta.

«Pri» le dico staccandomi e mettendo la mia fronte contro la sua. «Andrà tutto bene. Non pensiamo a ciò che può non andare secondo i piani. Io voglio viverti, io voglio amarti. Io voglio stare con te, anche se trascorrerai anni su Marte: mi comprerò un gigantesco telescopio e ti osserverò sempre. Non ti lascerò mai andare.»

Con i pollici asciugo le sue lacrime. Lei si allontana, ma il suo sguardo non vacilla.

«Io... io voglio sapere, voglio vedere cosa possiamo diventare» dice infine.

Sorrido leggermente, sentendo il peso sollevarsi dal mio petto. «Anch'io, Priya. Voglio scoprirlo con te.»

CAPITOLO 45

Priya

Il bacio si approfondisce, le mani di Dan si muovono lentamente lungo la mia schiena, tirandomi più vicino a lui, come se temesse che possa sfuggirgli da un momento all'altro. Sento il calore del suo respiro contro la mia pelle, un brivido che mi attraversa la spina dorsale. È un contatto che non ho mai sentito così profondo, così indispensabile. C'è un'intensità in questo momento che mi toglie il fiato, sembra stiamo cercando di recuperare tutto il tempo perduto, tutte le parole non dette e di sciogliere tutto il dolore passato.

Le sue labbra si spostano lungo il mio collo, e io inclino la testa, lasciando che il suo tocco mi trasporti via da ogni pensiero, da ogni dubbio. Le mani sono gentili ma determinate, esplorano la mia pelle con una consapevolezza che mi fa sentire esposta, eppure al sicuro. Mi sento sospesa in un tempo che non esiste, un momento che vorrei non finisse mai.

Dan mi prende per mano e mi guida verso il letto, i nostri passi sono lenti, quasi incerti. Le nostre dita si intrecciano, e c'è una dolcezza nei suoi occhi che non avevo mai visto prima.

Mi sento come se fossi su un precipizio, ma al tempo stesso, c'è qualcosa di rassicurante nel modo in cui mi tiene, come se mi dicesse che tutto andrà bene, sebbene non sappiamo come.

Quando arriviamo al letto, lui si ferma e mi guarda, il suo sguardo è serio, quasi timoroso. «Priya... sei sicura?» mormora, la sua voce è appena un sussurro, un'esitazione che lo rende più umano, più reale di quanto non lo sia mai stato.

Annuisco, il cuore mi batte forte. «Sì, sono sicura» rispondo con voce ferma, ma con un Big Bang di emozioni che si agitano dentro. «Voglio questo. Voglio noi, anche se solo per ora.»

Lui sorride e poi mi bacia di nuovo con una passione che mi travolge. Le sue mani trovano il bordo della mia maglietta, con lentezza la sollevano, e io lo lascio fare, i nostri corpi si avvicinano sempre di più.

Mi spoglia con delicatezza, come se ogni movimento fosse una promessa, una dichiarazione. Le sue dita seguono le curve del mio corpo e ogni tocco è una scintilla che accende qualcosa dentro di me. Le nostre pelli si sfiorano, i nostri cuori battono all'unisono. Mi sento viva in un modo che non ho mai provato prima, come se ogni parte di me stesse rispondendo al suo richiamo.

Dan si muove sopra di me, il suo respiro caldo contro il mio, i suoi occhi fissi nei miei come se stesse cercando di leggermi nell'anima. Mi sento persa in questo momento in cui tutto sembra possibile, in cui il mondo esterno svanisce e restiamo solo noi due, qui, adesso.

Le nostre labbra si cercano e i corpi si uniscono. Ogni pezzo di me si adatta a lui, come se fossimo stati creati per trovarci in questo istante. La sua mano scivola lungo il mio fianco: esplora tutto il mio essere e ogni nervo del mio corpo si risveglia, nella brama di lui.

Ci muoviamo insieme, all'inizio lenti, come a voler scoprire i confini del nostro desiderio, e poi in modo più intenso, quasi urgente, come se il tempo fosse il nostro nemico e dovessimo rubare ogni secondo, ogni respiro, ogni battito di cuore. Le sue mani mi tengono stretta, mi sollevano, mi portano più vicino a lui. Sento il suo corpo teso sopra il mio e il suono del suo respiro, veloce e irregolare, mi fa capire che anche lui è spaventato e che sta cercando di trovare un equilibrio, come una cometa che cerca la sua orbita in un cielo sconfinato, in un momento che sembra al di fuori di tutto.

Sento il mio corpo rispondere al suo, il calore crescere dentro di me e il desiderio farsi più intenso. E poi tutto esplode in una marea di sensazioni, un'ondata che mi travolge, che mi fa dimenticare ogni altra cosa. È come se l'Universo intero si fosse fermato, come se non ci fosse nulla oltre noi.

Quando tutto finisce, restiamo lì, avvolti in un silenzio che non è vuoto, ma pieno di tutto quello che abbiamo appena condiviso. Mi sento ancora stordita, ancora incerta su cosa significhi tutto questo, ma una parte di me si sente serena, completa.

Dan mi stringe contro di sé, la sua pelle calda contro la mia, e io chiudo gli occhi, lasciando che il battito del suo cuore mi calmi. Non so cosa accadrà domani, non so cosa ci aspetta, ma ora sento di aver trovato qualcosa che vale la pena di tenere stretto.

«Posso restare?» sussurro ancora un po' affannata tra le sue braccia. Non mi sono mai fermata a casa sua dopo aver passato la notte insieme.

Vedo un leggero sorriso apparire sul suo volto, un lampo di sollievo nei suoi occhi. «Certo» risponde. «Puoi restare quanto vuoi.»

Mi rilasso un po', come se le sue parole avessero sciolto un nodo dentro di me. «Allora... mangiamo qualcosa? Ho fame.»

Dan ride piano, un suono che non sentivo da troppo tempo, e mi fa bene. «Pizza e birra?» propone, alzandosi e andando verso il frigo. «È tutto quello che ho da offrire. Non sono molto bravo a cucinare, lo sai.»

«Pizza e birra vanno benissimo» rispondo, cercando di nascondere la felicità e soprattutto di non dare a vedere quanto io lo trovi perfetto lì, nudo, davanti a me. «In realtà, sembra impeccabile.»

Dan si muove per ordinare la pizza, io vado alla finestra e osservo la città immersa nel crepuscolo. Le luci degli edifici si accendono a una a una, come stelle in una notte che si avvicina troppo in fretta. Mi chiedo quante altre notti avrò qui, quante altre volte potrò sentirmi così... normale.

Dan ritorna con due bottiglie di birra in mano e me ne porge una. «Per te» dice e per un attimo i nostri occhi si incontrano di nuovo, più vicini, più calmi.

Ci sediamo sul divano, la tv accesa in sottofondo. Un vecchio film in bianco e nero che nessuno dei due sta davvero guardando. «Cosa scegliamo?» chiedo, cercando di mantenere il tono leggero, come se fosse solo un'altra serata qualsiasi.

«Non lo so» risponde lui, scrollando le spalle.

Annuisco e scorro tra i titoli disponibili finché non trovo *The Martian* con Matt Damon, che entrambi abbiamo visto milioni di volte. «Questo?»

Dan annuisce. «Perfetto.»

A film iniziato, arriva la pizza, calda e fragrante. Ci sistemiamo sul divano, i nostri corpi rilassati, i nostri piedi che si toccano senza volerlo. Mangiamo in silenzio per un po', lasciando che la storia si sviluppi sullo schermo.

Ma poi iniziamo a parlare del più e del meno, di ricordi, di momenti stupidi che sembrano brillare di una luce nuova ora che il tempo insieme è così breve, così prezioso.

Poi, mentre la pellicola volge alla fine, il silenzio torna a calare tra di noi. Un silenzio che non è imbarazzante, ma carico di cose ancora non dette, di emozioni che ancora devono essere esplorate. Sento il calore del suo braccio accanto al mio, e una parte di me vorrebbe avvicinarsi di più, sentirmi ancora sua.

«Pri» dice lui in un sussurro. «Non so cosa succederà dopo e dove ci porterà questo. Ma finalmente sono felice... Non mi è dato sapere quando e se guarirò del tutto, ma pensare di averti nella mia vita, anche se per tanto tempo sarai lontana, allevia il mio dolore.»

Mi giro verso di lui, i nostri visi a pochi centimetri l'uno dall'altro. «Voglio solo approfittare del tempo che abbiamo. Voglio sentire che questo è reale.»

Dan mi guarda, i suoi occhi cercano qualcosa nei miei. «È reale, Priya. Almeno per me, è reale.»

E allora, senza pensare troppo, senza lasciare che le paure o le incertezze mi fermino, mi avvicino a lui e lo bacio. È un bacio che inizia lento, ma che presto diventa più intenso, più urgente. Sento le sue mani che mi tirano più vicino, sento il calore del suo corpo contro il mio e tutto il resto scompare.

Facciamo di nuovo l'amore e per un attimo mi sembra che tutto sia possibile, che ci sia ancora speranza, che ci sia ancora tempo.

Alla fine, restiamo abbracciati, i nostri corpi caldi distesi sul divano. Sento il battito del suo cuore contro il mio orecchio e chiudo gli occhi, cercando di imprimere questo momento nella mia mente, nel mio cuore.

«Dan» mormoro «non so cosa succederà. Non so cosa ci aspetti.»

Lui mi stringe più forte. «Nemmeno io. Ma stasera, sei qui. E questo è tutto quello che conta.»

Annuisco, lasciando che le sue parole mi avvolgano, sperando che possano bastare. Chiudo gli occhi e sento una pace che non provavo da molto tempo.

**QR code canzone
Eclipse of the Heart**

RINGRAZIAMENTI

Alla mia famiglia, a mio marito e a mio figlio, che sono il mio universo: stelle fisse che illuminano ogni mia giornata con il loro amore incondizionato e la loro costante presenza.

A Michaela Nicolosi, amica ed editor, il cui sguardo attento ha brillato come un telescopio puntato sulle pieghe di questa storia, rivelandone i dettagli nascosti e preziosi.

A Guja Boriani, scrittrice e beta reader, per il tuo entusiasmo che ha attraversato come un'onda gravitazionale le pagine, donando energia e nuova prospettiva.

A Francesca, spietata beta reader, che con le tue osservazioni affilate come meteore ha inciso profondamente la struttura di questa storia, rendendola più forte e luminosa.

A mia sorella Eva, il mio faro tra le galassie di insicurezze, per aver sopportato le mie paranoie e per essere stata la prima esploratrice di queste pagine ancora in formazione.

A Sybilla, per essere sempre un cuore aperto ad ascoltare e a lenire i tumulti della mente.

A Isabella, lei legge tra le stelle... per davvero!

Alla mia coach e maestra di yoga, nonché anima affine, Paola: grazie per avermi guidata come una stella polare nel mio viaggio interiore, aiutandomi a scoprire ciò che voglio raccontare.

Alle mie amiche Elena, Paola, Maria e Roberta, che negli ultimi mesi sono state le mie comete, portando luce e speranza nel mio viaggio creativo e aiutandomi a credere ancora un po' di più in me stessa.

Al mio Martian Pool Blogger e a tutte le bookblogger, costellazioni di passione e dedizione che illuminano il cielo delle storie, permettendo ai sogni di viaggiare oltre ogni confine.

Alla mia grafica, EK Graphic Factory, per le copertine che catturano l'anima delle mie storie come meravigliose nebulose visive, e per l'impaginazione precisa come un orologio cosmico.

A Lucia – LCS e alla correttrice di bozze Claudia: il vostro lavoro ha fatto risplendere questo romanzo!

A tutte le persone che incontro durante le presentazioni e le fiere, ai lettori e alle lettrici, e persino ai critici. Questo lavoro è per voi. Con le vostre lodi che brillano come stelle, le vostre critiche che pungono come venti solari, e le vostre domande che sfidano come buchi neri, mi spingete a continuare a cercare di far sognare e a raccontare storie che tocchino l'animo.

Grazie di cuore a tutti voi.

L'AUTRICE

Elisa Maiorano Driussi, autrice svizzera originaria del Canton Ticino, si distingue per una carriera letteraria che intreccia passione e innovazione, alimentata da un profondo legame con la comunicazione. Laureata in Scienze della Comunicazione, ha costruito una solida esperienza nella comunicazione, sia digitale sia tradizionale, che ha saputo riflettere nelle sue opere.

Già a sedici anni, con il suo esordio "Per sempre nell'anima" (2000), dimostra una maturità sorprendente per la sua età, seguita a breve distanza dal romantico "Mi basti tu" (2002). Dopo una pausa creativa, torna sulla scena letteraria nel 2016, lanciando la saga romantasy **Guerriera dal Cuore di Diamante** con il primo volume, "L'Angelo Rivelato", un'opera che ha catturato l'immaginazione dei lettori con il suo mondo intriso di magia e avventura, seguita dal secondo volume "Il Risveglio dell'Angelo" (2018). Al momento questi titoli non sono più disponibili sul mercato.

Nel 2022 esplora nuovi orizzonti con il suo romanzo **chicklit** "Influencer per Amore", una storia che unisce ironia e riflessioni moderne sull'amore e il potere dei social media, riscuotendo grande successo e guadagnandosi un posto nella prestigiosa libreria self del Salone del Libro di Torino 2024.

Elisa si riconferma una narratrice eclettica con lo spin-off "Primo Bacio a New York" (2023) e con il brillante "Tutta colpa del social karma" (2024), un'opera selezionata come lettura consigliata per gli amanti di storie di viaggio e romanticismo.

Nel 2025 è stata presente al salotto di **Casa Sanremo Writers** con "Influencer per Amore". La sua capacità di reinventarsi, sperimentando con generi diversi, le ha permesso di mantenere un dialogo vivace con il suo pubblico, sempre alla ricerca di storie attuali che toccano il cuore e l'anima.

Per rimanere aggiornato sui progetti editoriali:
E-mail: scrivimi@elisamaioranodriussi.com
Sito web: www.elisamaioranodriussi.com

ALTRO DI QUESTA AUTRICE

La serie di libri Influencer per Amore Stories è la prima serie chicklit e romance dedicata alla figura dell'influencer. Questo progetto racconta le vicissitudini di diversi influencer, della loro vita e soprattutto dei pregi, dei difetti, dei pericoli e delle opportunità dei social media.

La serie al momento è composta da:
- **Influencer per Amore**, romanzo chicklit. (2022)
- **Primo Bacio a New York**, racconto spin-off di *Influencer per Amore*. (2023)
- **Tutta colpa del Social Karma**, altro volume di questa serie dedicata al mondo degli influencer e al personaggio di Tessa. (2024)

Disponibili su Amazon in cartaceo, Kindle e Kindle Unlimited.

Iscriviti alla mailing list e ricevi contenuti in esclusiva e notizie in anteprima.

**Scannerizza il QR code
ed entra nel club esclusivo!**

Per essere informato sulle novità relative a questa serie e al lavoro dell'autrice, visita:

Instagram: @elisamaioranodriussi
Sito: www.elisamaioranodriussi.com
E-mail: scrivimi@elisamaioranodriussi.com

Printed in Great Britain
by Amazon